老いの俳句

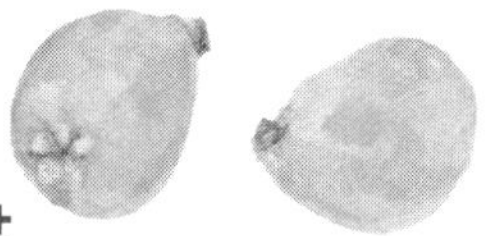

君と
つるりん
したいなあ

坪内稔典
Tsubouchi Nenten

ウエップ

老いの俳句 ——君とつるりんしたいなあ＊目次

I　老いの俳句

Ⅱ　俳句のある場所

老いの俳句

——君とつるりんしたいなあ

Ⅰ　老いの俳句

第一回　麦丘人とカタカナ語

（二〇二一年一月）

●カタカナ語

コロナの日々が続いている。三密を自覚するようになってほぼ一年、家にいる日がうんと増えた。

はやり風邪家の鬼門に火を焚《た》かな　星野麦丘人《ばくきゅうじん》

例年だと、たとえばインフルエンザに対してこの麦丘人の句のような気分になるのが今の時期だ。「焚かな」は焚きたいなあ、である。

鬼門に火を焚いて邪気を追っ払う、そのようなまじないが現実にあるのかどうか、それは知らない。ただ、この句の作者は、そうした邪気払いをしたいと思ったのだ。

星野麦丘人は大正十四年（一九二五年）三月に東京で生まれた。石田波郷、石塚友二に師事し、波郷が創刊した俳句雑誌「鶴」を継承して主宰したが、二〇一三年五月、八十八歳で他界した。先のはやり風邪の句は、二〇〇九年に出た句集『小椿居』にあり、麦丘人七十九歳の作だ。

麦丘人はおもしろい俳人だった。特に晩年というか老人になっていよいよおもしろくなった。

初春といへばをかしく旧《ふる》めかし
鯛焼も冷めては死魚と同じこと
モディリアーニの女に抱かす花菜かな
可毛可久毛蛸の釜飯食ふことに
夕涼しワイン倉庫ときけばなほ
あやまちて妻の影踏む残暑かな

これらは『小椿居』にある二〇〇〇年、すなわち麦丘人七十五歳の作である。

注目すべきことがいくつかある。まずカタカナ語の多いこと。モディリアーニ、ワインのほかに同年の作には、ツルゲーネフ、モスグリーン、バッハ、クレマチス、フランツ・

カフカ、ロダン、カサブランカ、シャツがある。翌年の作にはアサヒカメラ、アスパラガス、マヨネーズ、ナスダック、ブーケ、メンデルスゾーン、スカート、チューリップ、ランタナ、エンゼルフィッシュ、バナナ、バッハ、シャコンヌ、カンナ、ウイスキーボンボン、チェーホフが出ている。

これらのカタカナ語(外来語)は別に珍しいものではない。現代の私たちの日常語と言ってもよい。だが、一冊の句集を手にしたとき、あきらかにカタカナ語が多く、それが珍しい。

今、手もとに去年の七月に出た大石悦子さんの句集『百囀』がある。大石さんは一九三八年生まれ、波郷、友二、麦丘人に師事した、と句集の著者略歴にある。この句集の二〇一二年、二〇一三年の作を見ると、カタカナ語はわずか二語、ギヤマンとガーゼハンカチフだけ。

泪壺にと呉れしギヤマン夜の涼し　大石悦子
母の絽の袂のガーゼハンカチフ

二人のこの違いは何だろう。同門と言ってよい二人の俳人、あるいは師と弟子の間で何が起こったのか。

麦丘人は今の言葉に根差して俳句を詠もうとしている。それに対して、大石さんは今の言葉よりもやや典雅な古い言葉に根差して句を作ろうとしている。その違いが二人のカタカナ語の数に現れている。ちなみに、二〇一三年の大石さんは七十五歳であった。カタカナ語を多用する麦丘人、カタカナ語の少ない大石さん。この二人の七十五歳の姿勢は、老いの俳句の二つの傾向を代表しているのかも。その傾向についてはこの連載の折々に触れることになるだろう。

●言葉を楽しむ

では七十五歳の麦丘人の句を読んでみよう。

初春といへばをかしく旧めかし

この句、初春という季語を、おかしくて古めかしいと感じている。なぜおかしいのか。初春は正月とほぼ同じ意味の季語だが、たしかに「初春おめでとうございます」と挨拶したら、なんだか時代錯誤、江戸時代みたいでおかしい。初春は正月から春が始まった時代の言葉なのだ。それでも根強く初春は残っていて、私がもらった今年の年賀状には「迎春」

「初春のお慶びを申し上げます」が一割くらいあった。たいていは「謹賀新年」だが。

麦丘人という老俳人は、初春という季語を古めかしいと感じ、それをおもしろがるセンスを持っている。言葉を楽しむセンスを持っているのだ、と言ってよい。この彼のセンスが、彼の使う季語やカタカナ語に出ているのではないだろうか。

ちなみに、季語はたいていがやや古めかしい。ある語が季語になるには、その語が多くの人々に受け入れられて、季語としての意味（季語の本意）が成立しなくてはならない。その成立には時間がかかる。しかも、現在の季語の多くは、日本人の暮らしが農業を中心にしていた時代に成立している。農耕とか農村が季語の地盤だった。ところが、社会構造が変化し、都市化が進み、多くの人々の暮らしが農業との直接的な関わりを持たなくなった現在、農業起源の季語が古く見えるのはごく自然な現象だろう。

余談に及んだが、次の句の冷えた鯛焼は、初春という季語の感じかも。

鯛焼も冷めては死魚と同じこと

言語学者の金田一秀穂さんは、刺し身は死んだばかりの魚ですよ、という言い方を言葉のおもしろさの例としてよく使う。鯛焼の句はその金田一さんの口吻を連想させる。「死んだ鯛焼だけど食べる？」と言われたら、さて、あなたはどう反応するだろう。

モディリアーニの女に抱かす花菜かな

可毛可久毛蛸の釜飯食ふことに

夕涼しワイン倉庫ときけばなほ

花菜の句は主人公がちょっといいかっこうをしている。首の長いモディリアーニ的美女に花菜をプレゼントしていい気分になっているのだろう。「可毛可久毛」（かもかくも）と万葉仮名的に書くと、蛸の釜飯がにわかにうまそうになる。夕涼しの句は、ワイン倉庫という言葉が涼しさとうまさを際立たせている。涼しという季語とワイン倉庫という語が響き合っているのだ。

あやまちて妻の影踏む残暑かな

妻の影を踏んで謝っている男のようすが目に浮かぶ。ひどい残暑のせいにしてわざと妻の影を踏んだのかもしれない。ともあれ、なんとなくおかしい。そのおかしさがほんのちょっと残暑を緩める感じだ。

麥丘人は歳を取るにつれておもしろい俳人になった。次は七十六歳の作である。

世の中のことは春来てからのこと
麵麭に乳酪アスパラガスにマヨネーズ
鞄より赤い風船いつ出さむ
珈琲にバナナさういふ朝もあり
千代田区の上を颱風15号
天ぷらのころもが厚し敬老日
ウイスキーボンボン夜長の掛時計

「世の中のことは春来てからのこと」は前年の「初春といへばをかしく旧めかし」と共通した作だ。或る時の思いを五七五で表現したら、なんとなく気分がよくなるのだ。胸が広くなる、と言ってもよい。鞄、珈琲、天ぷらなどの句も同様だ。

「麵麭に乳酪アスパラガスにマヨネーズ」はまさに言葉で遊んだ句。おそらく朝食のメニューだろうから、「珈琲にバナナさういふ朝もあり」とも通じている。ウイスキーボンボンも、ボンボンがウイスキーと掛け時計にかかる言葉遊びが楽しい。麥丘人は言葉で遊ぶ老人だ。

●蝿虎の訓み

以下の句は七十七歳から七十九歳に及ぶ時期のもの。

パラソルと誰もいはなくなりにけり
薔薇百花老人の読むサリンジャー
龍天に上り女はアフリカへ
マラルメよりむづかし蝿虎の訓み
大菩薩峠のほたる袋かな

たしかに、パラソルとは誰も言わなくなって、今はもっぱら日傘である。私も近年、日傘の老人になっていて、出かける場所や気分によって日傘を替えている。日傘で外出すると、もしかしたら日傘の麦丘人に出会えるかもしれない。

また余談に及んだが、薔薇のそばでサリンジャーを読む老人はしゃれた日傘をさすだろうな、と思う。アフリカ、大菩薩峠の季語との取り合わせは、世界が不意に広くなる感じを読者にもたらすだろう。マラルメと蠅虎の取り合わせは、マラルメが蠅虎に、蠅虎がマラルメに似てくる気がしてなんともおかしい。で、蠅虎の訓《よ》みは？

その訓みはハエトリグモ。私にこの難読漢字が分かるのは、七十六歳になった現在まで、営々と句を詠み続けてきたから。あっ、今、ちょっと嘘を言った。営々と、というのは自分を美化した言い方である。実際は、締め切りがないとほとんど句を作らない。約五十年間、締め切りに追われて作ってきて、その間に蠅虎（これは夏の季語）も覚えたのだ。

さて、麥丘人は、八十代に入るとさらにおもしろくなる。次回は八十代の麥丘人の俳句を句集『小椿居以後』で楽しみたい。

ところで、「世の中のことは春来てからのこと」となるだろうか。コロナに怯える日々はいつまで続くのか。

節分やモスバーガーにコカコーラ
草摘みに来て空ばかり見てゐたり

右は『小椿居以後』にある麥丘人八十歳の作。節分の句の軽快な感じがいいなあ。「モスバーガーにコカコーラ」は或る日の私のランチでもあるが、カタカナ語が軽快さをもたらしている。その軽快さは、「空ばかり見てゐたり」という至福感をももたらすのだ。

第二回　俳句の老人問題

（二〇二一年三月）

●生き損ない

老人は間もなく死ぬ。いまのところ、このことに例外はない。次に引くのは天野忠の詩「呼び名」。詩集『うぐいすの練習』にある。この詩集は一九九八年に編集工房ノアから出た。作者は一九九三年に八十四歳で死去した。

老人
年寄り
高齢者
じじばば

老いぼれ
ごくつぶし
死に損ない
まだほかにあるかね、
「生き損ない」諸君！

最後の行、すなわち「生き損ない」を自覚するところがこの詩のポイントだろう。いや、かろうじて、自分を「生き損ない」と自覚できる点において、この詩の老人は依然としてこの世の人なのだ。この自覚があるとき、老人は詩を作ったり俳句を詠むのではないか。言うまでもないが、普通は「生き損ない」とは言わない。普通の言い方は「死に損ない」。これは老人をののしる語で、死にはぐれてまだ生きている老人を指す。天野は「死に損ない」を受けて「生き損ない」と転じた表現をしたのだが、「生き損ない」には生ぐさいニュアンスがある。「死に損ない」は魚の完全な干物みたいだが、「生き損ない」は一夜干しくらいか。

ともあれ、老人としては、「死に損ない」でなく「生き損ない」でありたい。天野は別の詩で次のようにも言っている。

わたしは老人が好きだ。
老人は早く死ぬから。

詩集『古い動物』（一九八三年）にある「疑問」という詩の冒頭である。この詩は「わたしは老人が嫌いだ。／老人は物判りがおそいから。」と続くのだが、「生き損ない」の魅力というか、早く死ぬ老人に特有の魅力というものがあるのではないか。鮒ずしとかクサヤの魅力に似た何かが。もしそうでなければ、老人であることにさしたる存在理由がない気がする。

●八十七歳の傑作

花旺《さか》んカバもキリンもネンテンも　　星野麥丘人

句集『小椿居以後』（二〇一四年）にある作者八十七歳の作。麥丘人はこの句を詠んだ翌年五月、八十八歳で他界した。

この句、傑作ではないだろう。おそらく動物園の風景だが、ネンテンが唐突だ。ネンテンを分かる人はかなり限定されるので、もしかしたら動物の品種と思う人があるかも。「花旺んカバもキリンもゾウたちも」とすれば春真っ盛りの動物園を詠んだごく普通の句になるが、麥丘人はなぜかネンテンを登場させた。多分、ネンテンはわたしのことだから、うれしいこと限りないが、読者を困らせることも確かだろう。もちろん、ネンテンはカバやキリン並み、という麥丘人の判定に当のネンテンはにこにこだが。

さて、ここまで書いてきて、ふと気になった。自分を句に詠み込んでくれたので、ネンテンは麥丘人に肩入れしている、と思われないか、と。老人は気が弱いのだ。なにしろ間もなく死ぬのだから。

でも、私が加担しているのは、「死に損ない」でなく、「生き損ない」。つまり、麥丘人や天野忠の「生き損ない」という一面に加担したいのである。

「花旺んカバもキリンもネンテンも」がかならずしも傑作でないのは、ネンテンが唐突に過ぎるからだが、ネンテンを登場させて、世界のどこにもない麥丘人特有の動物園を出現させている。そのような麥丘人には大いに加担してもよい。五七五の言葉の世界を作ろうとする、その創作意識に共感するから。

『小椿居以後』にある八十七歳の以下の句は、これはもうまぎれもなく傑作である。

フロリダへ行きたし雪の日なりけり
ダウ平均どうでもよろし又雪が
納豆を食べずに生きて七年目
好きな名の柿の木坂や春来《きた》る
長崎は純文学か掻き氷
カステラが焼けて燕の一番子
瓜もみも少し上手になりにけり
秋風やイエスタディを繰返し
秋刀魚焼くアルトサックス聴きながら
老人の日は老人でゐることに
蛸《たこ》飯《めし》を炊いて冬立つ日なりけり
ユニクロを着て老人の年忘

どこがいいのかを説明するのは野暮かもしれない。何度か音読して、いいなあ、という気分になればそれでいいのである。

でも、説明しよう。老人はたいていがくどい。

「フロリダへ行きたし雪の日なりけり」。この句、眼前の雪からフロリダへ飛ぶその想像の広がりがよい。頭の中が広いのだ。八十七歳にもなると実際は歩行困難、家を出るのもむつかしい老人が多いだろうが。

「納豆を食べずに生きて七年目」。なんだかおかしいなあ。急に納豆が食べたくなった。なぜ納豆なのか、どうして食べなかったのか、そうした一切は不明だが、「七年目」という語が納豆の存在感を際立たせる。納豆以外は目にない状態、それがこの句だ。

「長崎は純文学か掻き氷」。純文学という比喩がおかしい。夏の長崎といえば原爆だが、原爆をめぐる言説が純文学なのかも。そのことを掻き氷を崩しながら、あるいはちゅっちゅと吸いながら思っている。

「老人の日は老人でゐることに」。これが俳句？と首をかしげる人がありそうだ。思いを書いた散文の一節のようだが、老人を反復した快適なリズム、「老人でゐる」という散文的説明を超えた断定などは、この句を十分に詩たらしめている。これを俳句でないと言うとのほうがおそらくむつかしいだろう。

説明はもうやめよう。これらの句には、「生き損ない」の老人、一夜干しに似た生乾きの老人がいる。雪、納豆、柿の芽吹き、掻き氷、燕の子、瓜揉みにこだわって、ただそれらを愛する老人がいる。老人であることを彼は、すなわち麥丘人は、「老人の日は老人でゐることに」と詠んで老人でいることをも愛している。しかもこの老人、まぎれなく現代を生きている老人なのだ。だから、フロリダ、ダウ平均、カステラ、イエスタディ、アルトサックス、ユニクロなどのカタカナ語が頻出する。今を生きている、すなわち現代の日本語を生きている者にとって麥丘人の使うカタカナ語はごく普通の語である。別の言い方をすれば、麥丘人はごく普通の現代の老人なのだ。

●わらじのような顔

今日、俳句人口の大半は老人である。いや、今に限らず、いつの時代も俳句は老人たちに愛されてきた。それなのに、なぜか〈老人と俳句〉が真正面から論じられることがない。俳句にとっての大きな問題は、老人が作者であることではないか。

小説家の石坂洋次郎が俳句に触れたエッセー「酒と俳句と」で以下のように言っている。

「世間の大人達が、若い者が短歌や俳句に熱中することを危ぶむのは、そういう短詩ではがんばってもがんばっても、お金にならないからであろう。これが欧米人だったら、お金が稼げない短歌や俳句はとっくに見捨てておっただろう。反対に、金にならない短詩に、多くの日本人が執着していることは、ハッキリとは言えないけれど、日本人の社会にプラスの影響ももたらしていることも確かだろう。」（『老いらくの記』一九七七年）。たしかに俳句では金が稼げない。句会の指導料、新聞などの俳句欄の選句、色紙の揮毫などでかろうじて稼げるだろうが、作った句が売れて高収入をもたらすことなどはかつても今も皆無と言ってよい。しかしながら、老人を中心に多くの作者が存在する。そのような俳句のありかたが、「日本人の社会にプラスの影響をもたらしている」としたら、それは何だろう。

では、天野忠の詩をもう一つ引こう。京都市に住んで活躍した天野は、老人詩とも呼んでいい世界を現代詩で開いた。その特色はエスプリの効いたユーモアである。それは俳句的ユーモアにどこか近い気がする。

老衰

十二月二十八日正午一寸前。

生れて初めて
へた、へた、へた、と
私は大地にへたばった。
両手をついて
足の膝から下が消えて行くのを見た。
七十八歳の年の暮れ。
スキップして遊んでいる子供がチラとこちらを見た。
走って行った家から人が出てきて
大地にしがみついている私を
抱き起した。
「どうしました」
冷静に
私は答えた。
「足が逃げました」

これ、冒頭の詩と同じく、詩集『うぐいすの練習』にある。七十歳が近づいたころ、実はわたしも大地にへたばった。七十代になってからも再びへたばった。膝から下が消えるのは老人に特有の現象、いわゆる老化現象だろう。別の言い方をすれば、死が近づくころの現象だ。それを、「足が逃げました」と言ったこの詩人はとってもしたたか。「生き損ない」のしたたかさだ。

（二〇二一年五月）

第三回　演じる時彦

●演技不足

老いとは演じるものだろう。

俳句で老いを現実のままに表現してもおもしろくない。うんこまみれの赤ちゃんは成長（未来）があるから、そのうんこまでが共感を呼ぶが、老人のうんこときたら単なる汚物である。死があるばかりで未来がないからだろう。でも、肉や脂を多量に食べる中年者のうんこよりはきれいな気がする。

草間時彦に「年寄は風邪引き易し引けば死す」という句がある。これ、年寄りの現実（事実）を言い当てているだろう。だから私は、時々、知人へのメールに引用して、コロナの日々の挨拶に代えている。

でも、この句が名句かというと、そうは思わない。近代俳句ではひととき、写生ということが強調され、現実を見たままに表現することが流行ったが、もしかしたらその悪しき写生の名残りがこの句にはあるかもしれない。「年寄は風邪引き易し」と事実を言って、その後に「引けば死す」とまたも事実を言ったところに、写生によって事実にこだわった近代俳句の残滓を感じるのだ。

時彦は老いを演じようとした俳人である。「年寄は風邪引き易し引けば死す」は演技力を少し欠いた老いの句ではないだろうか。

時彦は二〇〇三年に八十三歳で他界した。年寄りの句は八十一歳の作であった。

すぐ散つてしまふポピーを買ひにけり
秋刀魚焼く死ぬのがこはい日なりけり
ずぶずぶと梅雨に沈みて睡《ねむ》りけり
初氷空ねんごろに青かりし
耳遠き夫婦冬夜の物語

時彦八十代の作を草間文彦編『草間時彦集』（俳人協会）から引いた。ポピーの句が一番いいと思う。すぐ散るポピーとそれを買うという行動の対比が、読者にいろんなことを連想させるから。恋をしている人の切ない感情、初月給をもらった日の行為、古希を迎えた心境などなど。この句では演技力がうまく発揮されているのだ。

『草間時彦集』にはゆかりの人たちによる鑑賞文がついているが、この句については次の読みが示されている。

「俳句文学館の理事長室に花を飾るのは楽しかった。活けてほしい花をリクエストしてくださることもあった。スイートピー、花ミモザ、そしてポピー。すぐに散ってしまうからポピーを愛されていたのだと、この句を知り思った。（井越芳子）」

この読み、すてきだと思うが、でも、作者に結び付けて読んでいるので、句を小さな世界に閉じ込めている。作者を無視して、片想いにとらわれている十五歳の少年像をこの句に読み取ってもよい。そういう自由が俳句には常にあるのではないか。

秋刀魚の句は、「死ぬのがこはい日」がやはりいろんな連想を誘うだろう。作者が死に近い八十代の老人だから、というのも一解だが、それはちょっと単純すぎておもしろくない。つまり演技を小さくさせる。梅雨の句も初氷の句も、老人を主人公にして読めるが、老人を離れても読める。それがとってもいいのである。冬夜の句の主人公は老夫婦だが、その老夫婦が物語の中の人物になっているのがよい。現実の草間夫婦を連想してもいいのだが、句としては現実（事実）を離れている。

『草間時彦集』に付いている鑑賞文は、ほとんどが作者に即して書かれている。作者という事実が句を支えているのだが、そういう読みは俳句を貧弱にしている気がする。作者の演技、五七五の言葉たちの演技を無視しがちだから。

時彦はサラリーマン俳句や食べ物俳句で知られた。

秋鯖や上司罵《ののし》るために酔ふ
大根焚《だいこたき》あつあつの口とがりけり

彼の若い日のこういう作品がそれだが、これらは演技が顕著な句である。典型的なサラリーマンを演じ、京都の食べ物好きを演じている。言うまでもないが、人（作者）にはいろんな側面がある。時彦はサラリーマン、食通という側面を強調したのだが、それは演技だったと見てよい。巧みな演技者だった。それだけに、実際の作者から離れてその句は鑑賞してよいし、作者を無視した鑑賞が可能になるのである。大根炊きの句のあつあつの口をとがらせた演技などはまさに名演技だ。

後年、時彦は年寄りを演じた。「なづな粥時彦老いてこぼしけり」という句が喜寿の年にある。このあたりの彼はちょっとだらしない老人を演じている。

老《おい》の春なにか食べたくうろうろす
孫二人それでたくさん鳳仙花
老人の日や敬《うやま》ひて呉《く》れるなよ
くらがりにころげ落つるよ秋の暮
大根《だいこ》煮る湯気が幸福老夫婦

これらも喜寿の年の句だが、二人の孫とか大根の湯気という小さな幸福に自足しながらも、老いという得体のしれないものに揺れる、それがこれらの句の主人公だ。

●ポピーを買う俳人

時彦は第七句集『盆点前』（一九九八年）で第十四回詩歌文学館賞を受けた。インターネットを検索したら、その受賞記事が見つかった。次に引くのは「受賞のことば」である。「『盆点前』は私の第七句集である。私は今、七十九歳であるから、七十になってからの句集である。

七十になったからには老、病、死をテーマとして詠みたいと念じた。しかし、やってみると思うように出来なかった。

夫婦老いどちらが先かなづな粥　時彦

おじんにはおじんの流儀花茗荷　〃

どうやっても句がうすぎたなくなってしまうのである。結局、それは私の詩人としての才が乏しいからだと思っている。

背伸びをせずに私は私なりの歩みをしよう。

それが受賞の感想である。」

たしかにうまく出来ていない、と私も思う。なずな粥を食べながら、どっちが先に逝くかと思ったり話したりするのは普通に過ぎる。日常の些事をなぞった感じで詩的な飛躍がない。「才が乏しい」と言っても言い過ぎではないだろう。おじんは老人というより中年者だろうが、その人の流儀が茗荷の花に似ているというのも平凡。おじんと花茗荷の取り合わせに新鮮さがないのだ。これらの句、作者は「うすぎたな」いと言っているが、むしろとっても平凡だ。

だが、彼は「老、病、死をテーマにして詠みたいと念じた」のである。そのテーマを演じたいと願った。

詩歌文学館賞の選評を選者の一人だった飯島晴子が書いているが、飯島は言う。時彦はこの句集で「見事に現代の俳諧師に変身している」と。

月白もなく上りけり後の月
鞍馬まで個人タクシー山椒の芽
半分は捨てるつもりの夏大根

これらの句を引いた飯島は、「俳句によってでなければ釣り上げられない妙味がある。草間時彦はしたたかに俳諧師である」と述べている。日常の普通には見過ごすようなことを句にしたところに「俳諧師」を感じたのだろう。もっとも、詩人や俳人でなく、なぜ俳諧師なのかは問題かも。俳諧師は語義的には古いし、やや前時代的なニュアンスがある。先に私が指摘した近代俳句の残滓のようなもの、それを飯島は「俳諧師」に見たのかもしれない。ともあれ、私見では次のような句は見事に現代の俳人の技を発揮している。演じることにおいてとっても前向きだ。

老斑の指延ばし鮎むしりをり
焼海苔でお酒を貰ふ余寒かな
茸番がハーレーダビットソンで来し
東京に春の雪降る焼リンゴ
しまあじをサラダ仕立や夜の秋

老斑の句は、老斑の指と鮎を対比しているのだが、対比が分かりすぎて面白さを欠く。老斑の指が若々しい鮎をしのぐ構図を描きたかったのではないか、と思うが、残念ながら、対比しただけに終わっている。演技力が足らなかったのだ。飯島の選評によると、「審査員三人一致して、老いの嘆きの句が目立ちすぎるという批判」があったらしい。不足する演技力が「老いの嘆き」を見せてしまった、と言ってよいだろう。

飯島はしまあじの句などについて、「懐かしいモダンの風味が現代に上手に添えられて、瀟洒な句になっている。焼リンゴやすみれ籠は絶妙に坐っている」と述べた。すみれ籠は「よきことは遠くにありてすみれ籠」である。「絶妙に坐っている」とは五七五の最後の五音がぴたっと決まっているということ。右の五句のうちでは、焼海苔以下の四句をモダンで瀟洒な句だと私も思う。もはや言うまでもないだろうが、ここでもまた時彦はモダンで瀟洒な句を演技している。この演技と、老いを演じる演技は、同じようなものなのだが、老いの演技はまだうまくいっていない。それは多分、始めたばかりの演技だったからだろう。モダンで瀟洒な演技は若い日からの時彦のいわば得意技だった。

老いの演技は八十代に近づいて、ときどき一種の名演技になる。それが冒頭で引いたポピーの句などだ。ポピーの句には作者の老、病、死がイメージとして、あるいはこの句のリズムに取り込まれているのかも。一種の隠し味のように。もちろん、この読みは私のかなり独断的読みだが、ポピーを買う時彦は見事な俳人を演じている。

老いはなぜ演じなければいけないか。人は生物として自然に老いる。その老いは言葉を消すように進む。言葉のない世界へ向かって。その生物的老化に必ずしも従順でないのが、たとえば俳句を作る老人であろう。彼は、生物的老化にあらがうようになおも言葉の世界を生きようとする。言葉の世界のふるまい、それは演技以外のなにものでもない。老人とは老いを言葉で演じている人なのだ。

第四回　賢明な老人はいや

（二〇二一年七月）

●芋焼酎好きな嫁

「二回目、済みましたよ。やれやれです」「副反応の熱は出た？」「そろそろ生ビールへ行けそうだね。二年ぶりの生ビールだ」「近く娘たちが揃って来るらしいわ。私も孫を見にいけそうです」

このところ、電話でこんな会話をしている。そこへTくんがやってきた。娘と同じ世代なので五十過ぎ、大学生のころから出入りしているので、いつまでもTくんと呼んでいるが、今や職場の中心的存在だし、俳句でもカルチャーの講座や大学の創作講座で幅広く活躍している。時代はあきらかに彼らの時代だ。

Tくんは SNS でさかんに発信しているらしく、というか、もっぱら SNS であって、「今、若い者の話題はこれです」「先生も YouTube で発信しなくちゃだめですよ」とうるさい。私はブログ「窓と窓」とFacebookをやっていて、ブログは毎日二〇〇〇名くらいが見てくれる。話題によっては三〇〇〇名を超すことだってある。俳句の季刊誌「船団」は一二〇〇部を出していて、半分は寄贈していた。寄贈した雑誌はほとんど読まれない。私だってもらった雑誌は封を切ってさっと目を通すだけで毎月の廃品回収へまわしていた。今もまわしている。だから、インターネットの広がりは肌で感じている。雑誌や句集という印刷媒体はあきらかに時代遅れだろう。そこには老人ばかりが幅をきかしているのではないか。幅をきかしているといえばまだかっこうがいいが、実際は老人しか集まらない集団が仲間内で雑誌や句集を出しているのだ。Tくんがもはや雑誌や句集の時代ではない、と言い立てるのも分からないではない。

この「WEP俳句通信」だって、老人雑誌という気配はぬぐえない。ほかの俳句商業誌、たとえば角川書店の「俳句」や本阿弥書店の「俳壇」と比べると、議論がやや堅めだが、それは雑誌などがときめいていた時代の余燼に過ぎないかもしれない。私のこの連載だって、文学好きな老人が勝手に思いを述べている、という一面をぬぐえないだろう。

というようなことを思っていた矢先にTくんが来たのである。もちろん、私のワクチン接種が終わり、Tくんも一回目の接種が済んだので、もう出会ってもいいだろう、ということになったのだ。

「先生、大石悦子さんの句集、評価が高いようですね。蛇笏賞だし小野市の文学賞も貰いましたよ。先生は、たしか否定的でしたよね」

「いや、否定というわけではないよ。かつての句集の方が刺激的でおもしろかった。大石さんの老人ぶりにあまり共感しないだけです」

「それって、否定的ということじゃないですか。今や先生は否定と肯定をもっともはっきりさせている俳人です。今の世の風潮からは逸れています。若者は議論ではっきりさせることを好みません。なんとなく仲良くする。でも、先生はボクの学生のころから、議論が喧嘩になることを称えてきましたよね。口角泡を飛ばして議論するというのが、先生の流儀でしたが、ソーシャルディスタンスの要求される現代では禁物です。つまり、先生流はもはや古い。ふふふっ、先生に議論をふっかけました。ワクチンのおかげかなあ」

いや、ビールの勢いだろう、と言いたかったが、気持ちよく議論を挑んできたので、その皮肉は言わなかった。

負喧《ふけん》してうまうま老いぬわれながら

よき嫁といはれ芋焼酎が好きで
椋の実を食べて小鳥になれるなら
オリオンに一献シリウスと一献
国ぶりの塩で食べよと新豆腐
まみどりの栄螺の胆は吾に呉れよ
囀れる鳥の名五つなら言へる
はやばやと豆打ちし夜のつまらなき
美濃に見て近江に踏みぬ春の山
春立つと虹かけて野のはしやぐかな

右は大石悦子句集『百囀』（ふらんす堂）の私の好きな十句である。これら、とってもいいと思っている。実は、Tくんの要求で選んだのである。『百囀』から十句を選んでください、それを話題にしたいです、と来訪に先立ってメールで言ってきた。「先生の選はいつでも見どころが多いですからね」と彼はお世辞も言ったのだ。

さて、十句を見たTくんは、

「先生、今までの大石さんが健在ではないですか。自然とおおらかに触れ合っていますよ。小鳥になれるなら、緑の栄螺の胆などは、まさに先生好みじゃないですか。端的に自然と触れているというか、作者の心身がのびやかに大自然となじんでいます。こういうのを、たしか先生は大石悦子調だと前に言いましたよね」

「うん。言った気がする。次のような作を例に挙げた気がするな。

口論は苦手押しくら饅頭で来い
みづうみへゆらりと抜けし茅の輪かな
くちなはのながながと意を述べゐたる
天牛をすこし苛めて放ちけり
兄が字を教へてくれしころの蟬

こういう句だね。いいでしょ、これら。なんとなくのびのびしている。素肌で自然に触れ合っている感じだね。こういうのを大石悦子調と私は呼んでいる」

「じゃ、素直に認めればいいではないですか。先生、毎年、越後の笹団子を大石さんにもらっているでしょ。この前に来たとき、大石さんの団子だといってボクもごちそうになりましたよ。団子を貫いながら文句を言うのはどうかなあ」

「文句を言うてるわけじゃないよ。たとえば負暄の句ね、負暄というのはひなたぼっこだと句集では注がついているけど、この珍しい語を見つけて面白がっているのは素敵な老人ぶりだと思うよ。この語、小さな漢和辞典にはなくて、私は中型辞書の『角川大字源』で見つけたよ。それに、星といっしょに飲んだり、芋焼酎好きをはばからないのもいいよね。でもね、なんていうのかな、全体として雅に過ぎる気がするわけよ。ハイカイ老人は雅ではいけない、と思うわけよ」

●団子はきっと来る

「句集の全体的な印象が雅に傾斜している、というのですか」

「うん。そう。ほら、この句集を気ままにぱっと開けてみるよ。見開きに四句が並んでいる。

すこやかに夫老ゆ土用太郎かな

冷し酒連句佳境に入りにけり

竹夫人いつしか人の香を佩びて
三島手の自服よろしき夜の秋

一五六、一五七頁の四句だけど、基調が雅だと感じないですか。老いた夫が季語の土用太郎と取り合わせられたとき、夫は実に風流というか雅の雰囲気になる。連句の佳境と取り合わせられた冷し酒はまさに雅の酒ですよね。自服を楽しむ夜の秋の句も雅の境にひたっています」

「ああ、おっしゃることは分かります。でも、先生、大石さんはそのような俳句的雅境を開かれたとも言えるのではないですか。風雅の誠という言い方をしたのは芭蕉ですが、大石的風雅の誠が実現していて、それがたとえば蛇笏賞受賞という評価になった、とか。蛇笏賞の正確な授賞理由は知りませんが」

「うーん。ではこのページの句はどう?

遠花火見ゆるわが家に老いにけり
葭簾母ならきつとここに吊る

尼寺の円座は紅糸編みこみぬ
晩涼の墨が余つてしまひけり

一二六、一二七頁です。なんかこう賢明な老人がいますよね、これらの句の中には」
「もしかしたら、先生、僻んでいませんか。あるいは、作者の賢明な老人ぶりを妬いている、とか。遠花火の句のような心境に先生がなっていないことは理解できますし、晩涼の墨のような句はけっしてねんてん先生は作らないでしょうね。でも、今日の俳壇の大勢は大石さんのこれらの句の側にあるのではないですか。だから、蛇笏賞。別に賞だけが俳句の栄誉ではないですけど」

「君のいうこと、分かるよ。いくらかは妬いているというか、羨望の気がないでもない。でもね、私がかかわってきた俳句、それは山崎宗鑑や松永貞徳、そして上島鬼貫、松尾芭蕉、蕪村、一茶、正岡子規などに至る俳諧・俳句だけど、そこに脈々と息づいているのは、反雅、すなわち俗を生きる言葉だよ。もちろん、多くの作者はそうではない。いつの時代も小さな風雅に自足する大多数の作者がいたのです。でも、ほんの少数、そうではなくて、敢然と風雅を拒む少数の作者がいた。先に名を挙げた人たちです。

ここ数十年、俳句界の大多数が女性になって、いわば女性の俳句の時代が続いてきました。大石さんはそうした時代の先頭にいた作者です。だから、小さな雅に自足してほしくない。いかがわしい老人になってほしい。彼女から貰った笹団子を食べながら、いつもそのように思ってきたのです。

Tくん、言葉ってね、一番生き生きしている言葉はいかがわしいよ。君が好きらしいSNSの言葉もそうだよね。SNSの言葉は事件を起こしたりして、実際にかなりいかがわしいではないですか。でも、『百囀』の言葉にはいかがわしさをほとんど感じない。とっても賢明な、物議をかもさない老人の言葉になっている。そんな気がするのです」

「なるほど。でも、先生はますます孤立しますよ。もう、団子、来なくなるかなあ」

「大石さんはそんな胸の狭い人ではないよ。団子はきっと来ます。私は大石さんファンだよ」

第五回　老虚子の傑作

（二〇二一年九月）

●「爛々と」の句

太平洋戦争に日本が負けた年、すなわち一九四五年の虚子は七十一歳であった。彼が他界したのは一九五九年、八十五歳だった。この時期の彼の句に

爛々と昼の星見え菌《きのこ》生え　一九四七年
去年《こぞ》今年《ことし》貫く棒の如きもの　一九五〇年

がある。私見では前句の「爛々と」は虚子一代の傑作である。後句の棒の如きものは駄作中の駄作、つまり典型的な月並み俳句である。現代の世評では、前句を傑作と見る人よりも、後の句を虚子の代表句として賞賛する人が多いのではないか。そこに老年の虚子の問題、あるいは虚子が体現していた俳句の問題があるだろう。

というわけで、七十代、八十代の老虚子の句を考えたい。まずは、

爛々と昼の星見え菌《きのこ》生え

を見よう。

今、私が机上に置いている岩波文庫『虚子五句集（下）』では、「十月十四日　長野俳人別れの為に大挙し来る。小諸山麓」という作者の注がこの句についている。長野県小諸に疎開していた虚子が小諸を引き上げることになり、その別れの句会でこの句を作ったということだろう。星と菌を同時に、しかも並列に扱い、そして「爛々と」と最初の五音を置いたとき、虚子一代の傑作が誕生した。

もっとも、本人には傑作の意識はなかったと思われる。この句は句集『六百五十句』（一九五五年）に収録されたが、三年後の一九五八年に出した虚子自選の『虚子百句』には入っていない。百句に入れるほどには評価していなかったのだろう。

稲畑汀子が選び解説を添えた『虚子百句』（二〇〇六年）では、この句を取りあげて次のようなエピソードを紹介している。

句会に出席していた村松紅花の証言によれば、句会の席上、長野の俳人の一人が、深い井戸を覗いた時、昼であるのに底に溜まっている水に星が映り、途中の石積みの石の間に菌が生えていたという体験を話したという。

稲畑はこの紹介をした後で、「虚子は一俳人の話に感興を動かされて、いや感興などという生易しいものではなく、インスピレーションを得て一気に頭の中で壮大な宇宙を作り上げたのではないだろうか。」と書いている。そして、「天には昼であるにもかかわらず星が爛々と強烈な光を放って輝き、大地には原始的な生命である菌が生いつつあるのである。」と素敵な鑑賞をしている。ほぼ同様の読みは山本健吉も角川文庫『現代俳句』(一九六四年)で示していたが、昼の星を火星と断定、菌は毒茸の類と想像しているのはどうだろうか。山本はまた、「老境の虚子の、感覚的な若さを感じさせる。」とも書いているが、この句にあるのは若さだろうか。老年の感覚ではないだろうか。ちなみに、山本の有名な俳句の鑑賞本『現代俳句』が角川書店から最初に出たのは一九五一年だが、その折はこの句を採っていなかった。一九六二年に改訂増補版が出たが、その際にこの句が増補されたのである。

ちょっと余談だが、昼間、井戸の底に星が見えるというのは別に珍しい現象ではないらしい。インターネットで検索すると、各地のそのような事例が挙がっている。実は私は、一九四七年、つまり「爛々と」が句会に出た年に発表された「空気がなくなる日」という児童文学作品を連想している。岩倉政治という人の作で、児童文学の雑誌に載ったのだが、一九四九年には映画にもなった話題作だ。この「空気がなくなる日」の存在を私は聖教新聞社の記者、西村周一郎に教えられたのだが、今はポプラ社からシリーズ「おはなし名作絵本」の一冊として出ている。

一九一〇年にハレー彗星が地球に接近したが、「空気がなくなる日」はそのハレー彗星の接近にちなむいわゆるフエイクニュースを元にした話だ。彗星が接近すると、五分間だけ空気がなくなる日がある。それで、人々は、五分間だけ息をしない訓練をするがなかなかうまくいかない。金持ちは自転車のチューブに空気をいれてそれを吸おうとする。ハレー彗星の尾のガスが地球の空気を五分だけ消すという説が世界に広まったらしい。日本の村のその騒動を描いたのが「空気がなくなる日」だ。一九一〇年は明治四十三年だが、この空気騒動は世界的に広がったらしい。現在の新型コロナウイルスをめぐっても空気（酸素）が足りないことが騒動になったが、ハレー彗星が見えた頃の人心は今と近い状態だったのだろうか。ともあれ、虚子の意識にはこの尾を引くハレー彗星があったのではないか。つまり、爛々と輝く昼の星を虚子が想像し得た手掛かりのようなものとしてハレー彗星の接近があったのではないか、ということ。

余談が長くなったが、先の稲畑は、この句は「信濃の国に対する虚子の万感を込めた別れの歌であり、最高の信濃の国の誉め歌なのである」と書いている。角川書店の雑誌「俳句」が二〇一九年四月に特集した「再発見！高浜虚子」では、山田閏子がこの句を鑑賞し、「小諸を去るにあたって、長野の俳人が集まった。昼の星が爛々とかがやきとは、小諸に対する惜別の挨拶であり、最高の賛辞なのである。」と書いている。稲畑や山田は虚子の自註を読んで忖度しているのであり、句を読んでいない。句にはどこにも信濃や小諸は出ていない。というか、それらの土地を含んで句の世界は地球的、宇宙的に広いのだ。

●棒の如きもの

「爛々と」の句は作者を超えて、つまり五七五の言葉が自立して、虚子一代の傑作になっている。正岡子規の「柿くへば鐘が鳴るなり法隆寺」と同様に。子規のこの句も、彼の生前にはさして注目されなかった。河東碧梧桐は、「柿食ふて居れば鐘鳴る法隆寺」とすべきではなかったかと言い、子規は「病床六尺」で、それでは「稍《やや》句法が弱くなるかと思ふ」

と応じている。碧梧桐の指摘通りにすると理屈が通って分かりやすくなる。だが、子規の句は「柿くへば鐘が鳴る」という唐突な表現が理屈を超えているのだ。もちろん、末尾に「法隆寺」が置かれたことも理屈を超えている。

すぐれた句は理屈を超える。つまり、意味が通らず、何を言いたいかが判然としない。こういう句は、作者の意図を超えて読者に受け止められる。五七五の言葉が勝手に歩く、と言ってもよいだろう。

遠山に日の当りたる枯野かな
春風や闘志いだきて丘に立つ
蛇逃げて我を見し眼の草に残る
流れ行く大根の葉の早さかな
川を見るバナナの皮は手より落ち
虹立ちて忽ち君の在る如し

岩波文庫『虚子五句集（上）』にある明治から昭和前期の作だが、これらの句が虚子の残した傑作なのではないか。たとえば「春風や闘志いだきて丘に立つ」は作者が俳句に復帰した覚悟の表明として読まれることが多い。先に挙げた虚子を特集した雑誌「俳句」では村上鞆彦がこの句を鑑賞し、「碧梧桐の新傾向に対抗すべく俳句復帰を高らかに告げた記念碑的一句。」と書いているが、作者に寄り添って、すなわち作者の意図を忖度して読んだら村上のように読めるのだ。だが、この句が広く愛唱されているわけはそこにはないだろう。中学生だと、たとえば部活に対する思いとしてこの句を読むかもしれない。起業をめざす若者だと新しい仕事への決意をこの句に感じるかも。つまり、作者を忖度しなくてもよいところがこの句の魅力なのだ。

さて、もう一つの句、

去年今年貫く棒の如きもの

であるが、一九五〇年、七十六歳の虚子が詠んだ大月並み句、駄作中の駄作だ。

昭和二五年一二月二〇日、虚子七六歳。翌年の新春放送のために作った句である。そのときの句には、

見栄も無く誇《ほこり》も無くて老の春

というのもある。〈去年今年〉の句もこれと同じ心境から生まれたものであろう。

新年となったからといって、この老人の自分には特別うれしいことが待っているわけでもない。今と同じ多忙な生活が続くだけだ、という気持ちが発想の原点であろう。しかしこの句はそういう日常性を超えて、時間と人間とのかかわりを明確にとらえている。大胆率直な句作りが、おのずから天地の真に迫り得たのである。

『新編俳句の解釈と鑑賞事典』（笠間書院、二〇〇〇年）から引いたが、作者をよく忖度して鑑賞している。問題はその後、すなわち「しかしこの句はそういう日常性を超えて」以下である。この言い方は、私が「爛々と」の句について言ってきたことに似ている。事典の執筆者は「大胆率直な句作り」と述べているが、私見では大胆ではない。理屈が通っているのだ。去年と今年を貫いて棒のようなものが貫いている、という意味が明確だが、その意味の明確さが俗っぽい。棒のようなものは時間と、時間にくっついているいろいろだが、それを「天地の真に迫り得た」と見るのはなんとも大げさな気がする。大岡信も『現代俳句大事典』（三省堂、二〇〇五年）でこの句を鑑賞し、「新年という小さな時間の区切り等平然と乗り越えてしまい、時間の大いなる流れを見据えている。」と書いている。棒の如きものとはごく普通には重大でなく意義もあまりないものであろう。それを「天地の真」とか「時間の大いなる流れ」と見るのは、月並み俳句にありがちな事大主義的な読みではないだろうか。

「去年も今年も、変わりはないのである。ただ、一本の棒のように、かくべつの波瀾《はらん》もない過ぎゆく月日が存在するだけである。老虚子快心の作であろう。」これは先にも引用した『現代俳句』における山本の意見だが、こちらの彼の見解には賛成だ。

言いたいことをうまく言えないままにここまで来てしまった。俳句の傑作には二つある。一つは「爛々と」のように五七五のすぐれた表現がもたらす傑作、もう一つは「去年今年」のような月並み句としての傑作である。老虚子には前者はほとんどなかったが、そのことは次回に書こう。

第六回　俳句の傑作について

（二〇二一年十一月）

●俳句の傑作

俳句の傑作に二つある。一つは五七五のすぐれた表現がもたらす傑作。もう一つは月並み句としての傑作。

爛々と昼の星見え菌《きのこ》生え

去年今年貫く棒の如きもの

右の高浜虚子の句でいえば前者が「爛々と」、後者が「去年今年」である。以上のことはこの連載の前回に書いた。釈然としない人がいるかもしれない。もう少し、例を挙げよう。

古池や蛙飛びこむ水の音　　芭蕉

凧《いかのぼり》きのふの空のありどころ　蕪村
柿くへば鐘が鳴るなり法隆寺　子規
芋の露連山影を正しうす　蛇笏
谺《こだま》して山ほととぎすほしいまま　久女
万緑の中や吾子の歯生え初むる　草田男
六月の女すわれる荒《あら》筵《むしろ》　波郷

これらが五七五の表現のもたらした傑作である。なんだ、有名な句ばかり挙げているではないか、と思われるかもしれない。これらは傑作だから何度も話題になり、何度も引用され、そうして有名になったのだ。表現の上でどこがすぐれているのかを解説したいところだが、有名なだけにこれらの句の鑑賞はずいぶん多い。できれば図書館などで次のような鑑賞の本を開いてほしい。

・日本名句集成（學燈社）
・俳句大観（明治書院）
・近代俳句大観（明治書院）

・新編俳句の解釈と鑑賞事典（笠間書院）
・名句鑑賞辞典（角川書店）

俳壇では作者が自分の句を解釈・鑑賞するいわゆる自解本がはやっているが、自解はつまらないというか、ちょっとみっともない。作者が傑作でもない自作を語っても自己満足以外には意味がないではないか。それよりも傑作に出会うこと、そして傑作について書いたり話したりすること、そうしたことのほうがはるかに楽しい。

五七五の短い表現ながら、俳句は時代時代に傑作を生んできた。そのまぎれもない事実を右に挙げた俳句が示している。そして、これらの俳句は、その時代の表現の先端にあった。端的に言えばこういう句はそれまでになかったのだ。嘘だと思う人は、歳時記で、たとえば蛙、柿、万緑、六月の項を見るとよい。芭蕉、子規、草田男、波郷の句が画然と他の例句とは違っているはずだ。その違いに気づくと、蛙、柿、万緑、六月の句を作るには勇気がいる。彼らの句を圧倒する新作を作らないと、糟粕をなめるというか、創るという行為としては亜流に甘んじることになるから。

もっとも、ここに挙げた句の作者たちに並び立ち、表現という行為で彼らと拮抗することは誰にもできることではない。子規は「俳諧大要」で修学第三期を示し、知識と才能のとっても高いレベルを修学三期の人に求めている。たとえば、「文学に通暁し美術に通暁す、未だ以て足れりとすべからず。天下万般の学に通じ事に暁《さと》らざるべからず。」というのだが、気が重くなるようなレベルを子規は列挙している。要するに、ごく一部の俳人が子規のいう修学第三期に接近することがあるのだろう。いや、そういうごく少数の俳人がいないと、俳句は堕落する。さらに子規の言い方にならうと俳句が月並みになるのだ。

大事なことを付け足しておこう。右に挙げた傑作の鑑賞は定説化しているわけではない。その逆で、鑑賞はおおいに揺れている。その揺れがあることが実は傑作の傑作たるゆえんかもしれない。芭蕉の古池の句だと、この句の蛙を複数と見る小泉八雲や高浜虚子の説がある。私もその説に加担している。この句をわび・さびの閑寂な句と見るのもよいが、百八十度反転させて、春を謳歌する句として読んでもよい、と私は考えている。俳句の傑作はこのような読みの揺れの中で傑作としての真価を発揮する。揺れる傑作、それが俳句の傑作の真骨頂だ。

●挨拶を超えた傑作

さて、もう一つの月並みの傑作だが、次のような句が思い浮かぶ。

朝顔に釣瓶取られて貰ひ水　千代女

朝顔の蕾は坊のチンチ哉　虚子の友人の母

我ものと思へば軽し傘の雪　其角

これらは虚子が『俳句とはどんなものか』（角川ソフィア文庫）で挙げている人情を詠んだ俳句だが、要するに月並みの句である。作者の思い（言いたいこと）がストレートに伝わるが、同じような句としては以下のようなものがただちに頭に浮かぶ。

物いへば唇寒し秋の風　芭蕉

旅に病んで夢は枯野をかけ廻る

やれ打つな蠅が手をすり足をする　一茶

春や昔十五万石の城下かな　子規

湯豆腐やいのちのはてのうすあかり　万太郎

足袋つぐやノラともならず教師妻　久女

降る雪や明治は遠くなりにけり　草田男

これらの句は意味がはっきりしていて読みがほとんど揺れない。作者の言おうとすることがストレートに伝わるのだ。読者は「うまく言ったなあ」と共感して納得する。つまり、月並み句の傑作である。

月並みとは子規が言い出したことであり、発想や表現が陳腐・平板な句を指す。実は、作られている俳句のほとんどは月並みなのではないか、と私は思っている。あるいは、月並みではないが独りよがりに陥っている句だ。この両者が九十九パーセントを占めている、と断定してもよい。

つまり、俳句はほとんどが月並みか独善なのだ。その月並みと独善を超えて、たまに傑作が生まれるのである。もちろん、私もその月並みと独善のなかであれこれと試行している一人である。

ところで、近代俳句は写生という方法によって月並みや独善を超えようとした。写生もまた子規が提唱した方法だが、この方法、実際は近代的な月並みと独善を大量生産したのではなかったか。たとえば子規だが、傑作「柿くへば鐘が鳴るなり法隆寺」のほかはほぼすべてが駄句と言えなくもない。彼は二万五千句くらい作ったから、傑作の確率は二万五千分の一である。

何だか話が暗くなってきた。俳句を詠む意欲を失いそうだから、話題を変えよう。今回、話題にしたかったのは、虚子が月並みの傑作を残した俳人だった、彼は月並み派だった、ということである。

と、言っても、何が月並みなのか、具体的には分からないかもしれない。これは子規の生前から問題だった。虚子も碧梧桐も漱石も何が月並みか、はっきりは分からなかった。言いだしっぺの子規にしても、ついつい月並みになっていた。漱石は彼の出世作とも言うべき「吾輩は猫である」でこの月並みの分かりにくさを取りあげて笑いの場面を描いている。苦沙弥先生の奥さんが、家に来る皆さんが月並み、月並みと言うけど、月並みって何ですか、と美学者の迷亭に尋ねる場面がそれ。迷亭は「中学の生徒に白木屋の番頭を加えて二で割ると立派な月並みができあがります」(角川文庫)と応じるが、この答えで奥さんはますます分からなくなる。先に私の挙げた月並みの傑作にしても、これのどこが月並みかと首を傾げている人が多い気がする。

そこで、今日の月並みの分かりやすい指標を挙げておこう。挨拶句がその指標である。挨拶の句は基本的に月並み句であり、句としてはほぼ駄句である。

虚子は晩年、俳句は存問だと言った。「お寒うございます、お暑うございます。日常の存問が即ち俳句である。」「平俗の人が平俗の大衆に向つての存問が即ち俳句である。」(『虚子俳話』)。存問とは安否を問うこと、すなわち挨拶だが、虚子は、俳句は挨拶、という思いをその晩年にことに強め、挨拶句を集めた『贈答句集』(一九四六年)を出している。彼は山本健吉、大岡信などにその贈答句を高く評価された。

春風や闘志いだきて丘に立つ
秋重畳俳書万巻の主なりしが
どび六を以て会名とするいかならん
その上に飛ぶ雁あらば我と見よ
冬牡丹亭々として男ぶり
霜の声いづくともなく聞こえけり

岩波文庫『虚子五句集』下巻の二九八頁の句を前書きを省いて写した。このページの句は『贈答句集』からの抄録である。

正直に言ってつまらない。前書きがないから誰への挨拶句かが分からないのだが、虚子の挨拶句とはまさに誰かに「お寒うございます」と挨拶しているのであり、その誰かを消すと独り言（独善）のようになる。もっとも、虚子はそれでよいと考えている。

虚子の小説だったと思うが、明けましておめでとうございます、という正月の決まり切った挨拶に抵抗を覚える場面があった。何がめでたいかと思うので、挨拶がうまくできないのだ。これは若い虚子の挨拶に抵抗する一面だった。挨拶とは決まり切っているもので、その決まりを逸脱したら挨拶にならない。おはよう、というところを、海鼠が庭へ来ていますよ、と言ったら挨拶にならない。相手は困ってしまう。虚子は、海鼠が庭へ来ていますよ、とその俳句で表現しない。無難に、おはよう、のレベルで挨拶の句を詠むのだ。これだと句がおもしろいはずはない。挨拶は月並み、句もまた月並みになるほかはない。

だが、虚子はたまに、ほんとうにたまになのだが、傑作を詠んだ。「春風や闘志いだきて丘に立つ」はその種の傑作の一つだ。この句には「大正二年　俳句に志す」という前書きがある。この句が俳句仲間、あるいは世間への挨拶だということを示しているが、句は勝手に挨拶の次元を超えて読まれてきた。スポーツに励む高校生、会社に入社したばかりの青年、そして七十代の老人にしても、自分の思いをこの句の光景に重ねることができる。挨拶という特定の場を超えているのだ、この句は。

第七回　発句派と俳句派

（二〇二二年一月）

●ダメ俳人の大将

あるところで以下のような話をした。

俳人がダメになる兆候があります。まず、先生、先生然として偉ぶるようになること。いわゆる主宰者はこの点でダメになりがちです。先生、先生と呼ばれて、自分が偉いと錯覚するのです。政治家などと似ていますね。学校の教師だった人に鼻もちならない人が多いですが、それも先生と呼ばれ過ぎたからだと思います。ほんとうは、生徒から学ぶ人になったときがまさに先生だと思うのですが、生徒の上に立ってしまう。それがダメ教師です。

結社の主宰者などが、ダメ俳人をまぬがれる簡単な方法は、句会の後の飲み会などで自分も会費を払うことです。あなたの結社の先生はどうですか。飲み食いを自費でしていますか。そうでなく、弟子に払わせているようだったら、さっさと訣別すべきですよ。

もっとも、あなたが先生の費用を負担したい、と思うのかもしれない。弟子にはそういう心理がありますね。パトロンになる心理です。お金が余っていて、誰かを支えたい、というときは、大物を育てるとか、公共の文化的事業に寄付するとかしてほしいなあ。小物の先生を支えるのはあなたが小物だという証拠ですよ。

えっ？　はっきり言いすぎるって。うん、そうかもしれない。さらにはっきり言うけどね。挨拶句をしきりにつくるようになるのもダメになる、あるいはなった兆候だよ。これはだれそれの句集を開くとすぐに分かる兆候だ。あなたの先生はどうですか。

それとね、連句をしきりにやるようになると危ないよ。研究や体験としてやるのはともかく、本気で連句に入れあげるようになると、もう回復の見込みはない。

うん？　高浜虚子は連句の復興を試みたって？　そうですね。息子の年尾に「誹諧」という雑誌を出させ、松本たかし、川端芽舎、京極杞陽などがたしか「俳諧詩」を寄せていますね。虚子は明治時代に漱石などと「俳体詩」を作っていました。彼は連句そのものの復興ではなく、連句の発展形態を考えたのです。それが俳体詩、俳諧詩でした。具体的にどんなものか、って。じゃ、雑誌「誹諧」2号（一九三八年）に出ている虚子の俳諧詩「運転手」をいっしょに読みますか。

運転手

炎天の
自動車に
運転手
手にしつつ
ゐるやうで
ほそくびを
かたむけて
したりする
おもひつつ
前の鏡
太き眉
くぼみたる
目ながらも
油断なく

日の盛り
乗りたるが
ハンドルを
ゐねむつて
ふらふらと
まへよこに
ぐつたりと
けんのんに
ふと見たる
うつつてゐる
其の下に
品のない
見ひらいて
やつてをる

居眠り運転をしているようで不安にかられたが、実はちゃんと目を開けて油断なく運転していた、というのです。どうですか、この詩？　平凡だけど、これだけのことを俳句では表現しにくい、と思いましたか。同感です。この運転手、意外にしたたかというか、職業意識が高いのですね。それで、作者は品の無い目の運転手を見直したのです。

でも、たしかに下手というか、魅力はあまりないとぼくも思うよ。五音を連ねた意義もあるようには思えないよね。どこが連句の発展かと疑ってしまう。ただ、当時、いわゆる新興俳句が流行していた。虚子や「ホトトギス」をもはや古いと見たのが新興俳句です。虚子はその新興俳句のたとえば連作俳句、あるいは無季俳句を意識してこのような俳諧詩を作った気がする。虚子は、無季の連作俳句などは俳句と認めなかった。無季で作るのだったら、俳句を離れてもっと自由に作ればよいではないか、と彼は言っていました。俳諧詩は虚子が自由に作ってみせたサンプルなんでしょうね。

うん、そうそう。当時の虚子にやる気があったのですよ。新興俳句に真っ向から対抗している。このあたりの虚子はなかなかのものだよ。

でもね、昭和十五年に新興俳句が国権からの弾圧を受けます。新興俳句の俳人たちが逮捕、投獄されるのです。時代は太平洋戦争へ突入するのですが、新興俳句は逼塞するし、虚子も対抗する相手を失った感じで失速します。その失速の具体的な現れが挨拶句です。新潮日本文学アルバム『高浜虚子』（一九九四年）の評伝（平井照敏執筆）では昭和十五年から他界するまでの虚子の文学を「存問の文学」と呼んでいます。前回に話したように存問とは挨拶です。虚子が「平俗の人が平俗の大衆に向つての存問が即ち俳句である」（『虚子俳話』）と述べたとき、虚子はダメ俳人になったのです。ダメ俳人の大将になった、と言ったらいいでしょうね。

そんな言い方、危険ではないか、って。たしかに今でも虚子をあたかも神のようにあがめている人がいるよね。でも、そんな虚子教の人々は俳句という言葉の表現には関係がないよ。信仰じゃなくて、あくまで現代の表現として俳句をぼくは考えたい。

以上のような話をコロナがちょっと落ち着いていた年の暮にしたのだった。そして、続きは、正月明けに話そう、と言ったのだが、コロナが再び広がって続きを話す機会がまだ来ない。

●俳句の時代

虚子は連句の復興を単純には考えなかった。俳体詩、俳諧詩というかたちで、すなわち連句的なものの発展を考えた。ここは虚子のすごいところだと思う。

ちなみに、連句をばっさりと切って過去のものにしてしまったのは正岡子規である。「発句《ほっく》は文学なり、連俳は文学に非ず」（「芭蕉雑談」一八九三年）。この明確、簡明な断言によって俳句の時代が始まった。ここで子規の言っている発句は俳句、そして連俳は連句である。

子規は五七五の表現を文学として実践した。その五七五の表現が俳句であった。俳句は連句には関係がないのである。連句ときっぱり訣別したのが俳句なのだ。

ところが、連句と子規のようには訣別しない、あるいは、訣別しない人も多かった。子規に旧派と呼ばれた俳人にはことに多かったが、俳諧学者（復本一郎など）や詩人（たとえば安東次男や大岡信など）は連句を高く評価している。江戸時代の文芸として連句が広がっていたことは事実だが、それが今、文芸として面白いかというと、私には面白いとは思えない。連句は文芸というよりも茶の湯などと同じ付き合いの文化なのではないか。言葉の表現だけを楽しむものではなく、連句を巻く場（座）全体を楽しむものなのだ。そういう意味で、子規が断定したようにそれは近代の文学ではない。子規は五七五の表現を文学としたのであった。

実は、子規以降の俳人には
・発句派
・俳句派
という二派がある。

発句派は、俳句は連歌・連句の発句の伝統を引く、と思っている人だ。そのようには思わなくても、俳句の五七五は後に続く七七を切ったと見ている人も発句派である。現代の俳人の仁平勝などがそうで、五七五の後に七七を意識している。切れ字が大事、という人もこの派、季語は必須という人も多くはこの派である。

発句とは、言うまでもないが、連歌・連句の最初の句だ。これは客人の挨拶と見なされている。だから、時候に触れる。「今日は余寒がひとしおです」という具合に。この時候の挨拶は季語によって示される。さて、客を迎えた主人は、やはり時候に触れて客に応える。「余寒はこたえますが、ほら、あそこで猫柳の芽がふくらんでいますよ」というように。この挨拶は、発句に応じた付け句だ。この発句と付け句で五七五・七七、すなわち一首の和歌ができる。

発句派は以上のような付け合いを俳句の原点（基）と見なしている。かつて活躍した俳句評論家の山本健吉はこの発句派の理論的支柱だった。

さて、五七五の後には七七があるのだろうか。あるいは、五七五は後に続くはずの七七をあえて切って捨てた結果だろうか。

正岡子規が「発句は文学なり、連俳は文学に非ず」と言ったとき、彼は当初から七七を意識していない。つまり、五七五は七七とは無関係なのだ。このような五七五が子規たちから始まった俳句である。俳句派はただ五七五の表現だけを考える。季語が五七五の表現に必要か、切れ字はどうか、と考えるのだ。私見では季語はとっても大事だが、切れ字はさほどではない。この五七五を際立たせた表現の一つが虚子の「爛々と昼の星見え菌生え」である。

虚子は、晩年、存問を説いて発句派に傾斜したが、根っからの発句派ではなかった。二十代の作「遠山に日の当りたる枯野かな」にしても、五七五の言葉を屹立させているのであり、この後に七七を想定してはいない。五七五の言葉が生きて立つ、それが子規たちの目指した俳句であった。

今、子規たちと言った。俳句は子規とその仲間たちによって、連歌・連句とは全く関係のない短詩として出立した。その子規の仲間の一人が、もちろん、虚子であった。子規のもっとも身近にいた虚子は、子規とは違う何かを持たないと、子規の亜流（エピゴーネン）になってしまう。その思いが、たとえば連句の展開を考えることになったのだろう。

と、ここまで書いた時、今回の冒頭で触れた知人がやってきた。一時間に一回の市内バスに乗って、散歩を兼ねてやってきたのだ。てのひらほどの庭に腰をおろしてほぼ一カ月ぶりの話をした。

彼はリュックからノートをとり出し、挨拶は面白くない、とねんてんが言ったことに納得した、と話した。ノートには二条良基の「連理秘抄」が写されていた。図書館に通って連歌を勉強したのだ、という。良基は南北朝時代の連歌をリードした人だ。

連歌の発句は、平凡で古いものが良いらしいよ。彼は「良きは皆古事《ふるごと》なり」と言っている。「古きをしたるは無下の事なるべし」とも。上手な人はたいていが平凡な古い句を詠む。そうでないと下品になる。これ、挨拶の本質だよね。朝は「おはようございます。春らしい日和ですね」がいいのです。「星が爛々として茸がにょきにょきですね」では挨拶にならない。ねんてんが、挨拶句はダメ、という理由がやっとわかったよ。

二人で話していたら、二羽のメジロがやってきて、メダカの鉢の水を飲み始めた。近づいても危険のない老人たち、と判断したらしい。

第八回　五七五の言葉の絵

（二〇二一年三月）

●蛙は何匹？

このごろ、俳句の話をするとき、「古池や蛙飛びこむ水の音」の蛙は何匹ですか、と問うことが多い。以前は一匹と答える人ばかりだったが、最近は三匹とか五匹とかの複数を挙げる人が増えてきた。おもしろがって、わざと複数と答えて目立とうとする者もいるが、それはそれでよい。どうして複数なのか、その根拠は何か、と尋ねると、なんとか理屈をこねる。その理屈が意外に面白い。先日、三匹と答えた高校生に、どうして三匹か、その理由を言え、と問い詰めると、一匹じゃさびしいじゃないですか、飛び込むときは三匹とか三人がいいです、と応じたので会場が笑いに包まれた。彼が想像していたのは必死の飛び込みらしい。まるで自殺でもするような蛙を思っていたのである。

では、右のような読みは間違いなのか。芭蕉の句には蛙が何匹いるのかは示されていない。小泉八雲はこの句を英語に翻訳したとき、蛙を複数にしているが、複数はけっしてまちがいではないのである。

蛙は複数でもよい、と言うと、それではわび・さびの感じが出ませんよ、という人がある。この句はどうしてわび・さびなのだろう。どこにもわび・さびを書いてはいないのではないか。いや、古池ですから、と主張する者がありそうだが、古池は別にわび・さびというものではない。次の高浜虚子の読みはわび・さびから遠い。

「春になつて、春もやや整つて来て、桜がほころびはじめ草木が芽を吹いて来る頃になると、所謂《いわゆる》啓蟄の頃となつて、今まで地中にあつた虫が一時に活動をはじめる。蛙も亦《ま》たその一つである。沈潜してゐた古池の水も温みそめ、そこに蛙が飛び込む。そのことは四時循環の一つの現はれである。天地躍動の様である。芭蕉はその事のうちに深い感動を覚えた。」(『虚子俳話』昭和三十八年)

虚子は複数だと明言しているわけではない。でも、「天地躍動の様」という言い方からは複数の感じがする。先の高校生ではないが、一匹では天地躍動とは言いにくい。ちなみに、古池は用事がなくなって捨てられた池であろう。古井戸の類だ。その捨てられていた池に蛙たちが飛び込んで、春がその池にもやってきたのだ。

と、このあたりまで来ると、蛙は人が近づいたりすると危険を感じて飛び込むけど、自分では飛び込まないのではないか、という人が現れる。蛙の生態にくわしいひとだ。この人の説に従うと、蛙はびっくりして飛び込んでいることになり、わびもさびもあったものではない。私としては、蛙は意志的に自主的に飛び込んでいると思いたい。

つまり、この蛙は現実の蛙ではなく、五七五の言葉の空間に現れた像（イメージ）としての蛙だ。この蛙は自分の意志で飛んでいる。「古池や」と古池がまず示され、次に蛙がその池へ飛んで水音を立てるのだ。この音、一匹の音でなく、複数の蛙の音がよい。その方が春を生き生きと伝えるから。

もちろん、でも、やっぱり一匹だよ、と一匹に固執する人があってもよい。複数であることが明示されているわけではないから。

一匹説の人は、作者の芭蕉がわび・さびを重んじた人だから、と自説の根拠を述べるかも。でも、この句が出来たころ、芭蕉は仲間と「蛙合《かわずあわせ》」という句合わせを楽しんでいる。俳句仲間が蛙の句を作り、各句を右と左に配して勝負を競ったのだ。二十番の勝負だったが、「蛙合」（句相撲）というゲームを楽しむ芭蕉たちにわび・さびの雰囲気はない。勝負は衆議判といって、みなでわいわいと議論して判定した。芭蕉の句に番えられたのは、「いたいけに蛙つくばふ浮葉かな」（仙化）であった。蓮の浮き葉にちょこんとすわっているかわいらしい蛙を詠んでいるが、「いたいけに」（幼くかわいい）と言ってしまっては実も蓋もない感じだ。もっとも、この勝負は持《じ》（引き分け）になっているが、それはおそらく仙化がこの句合わせの記録者だったからだろう。つまり、祝儀として引き分けであり、勝負としてはまったく相手にならない句であろう。ともあれ、このような「蛙合」の雰囲気はわび・さびから遠い。芭蕉の句の古池はにぎやかなのではないだろうか。

ちょっと余談になるが、俳句を作者に即して読む読み方は極力避けたい。俳句は作者を離れ、五七五の言葉の技を競う文芸だった。今日の句会でも、作者名を伏せて投句するのが一般的だが、それは作者ではなく作品に即して読む配慮である。もちろん、芭蕉のような有名な俳人になると、作者への関心が募るのは否定できないし、それはそれでよいと思う。ただ、作者はこのように考えていたからこの句はこのように読むべき、という読みだけは一度退けたい。作者に即して読むことは、有名な、あるいは知人の作には可能だが、世間の大多数の俳句はそれでは読めない。

●老人・芭蕉

以上、芭蕉の古池の句を読んできた。今までとはがらりと違う読みをしたが、そのような読みが出来るのは、その句がまさに古典だから、かもしれない。古典とは、新しい読みによって新しい命を獲得するもの、すなわち、時代とともに新しく生きる作品だ。と、ここまで書いたとき、あの高校生からメールが届いた。先生、鬼滅の句を見つけました、と。

草臥《くたび》れて宿借るころや藤の花

彼の言う鬼滅の句とは「笈の小文」にあるこの句だ。この句、元禄元年、すなわち芭蕉四十四歳の作である。

鬼滅とはコロナ禍のさなかのヒット作「鬼滅の刃」のことだ。私もこのマンガの全巻を買って読み、また映画も見て、ずいぶん楽しんだ。今も読み直して楽しんでいるのだが、たしかに先の句は、鬼殺隊の隊員が休憩・保養する藤の家を連想させる。草臥れているのは竈門《かまど》炭治郎や我妻《あがつま》善逸、嘴平《はしひら》伊之助などかも。「鬼滅の刃」においては藤の花は鬼を近づけない。鬼の嫌う聖なる花が藤である。「鬼滅の刃」という令和のマンガは芭蕉の元禄の句に新しい光を与えたと言ってよい。ともあれ、古典はこのようにして後世において蘇る。

ところで、「古池や蛙飛びこむ水の音」が出来たのは貞享三年、芭蕉四十二歳の年だった。言うまでもないだろうが、芭蕉の時代、四十歳はイコール初老であった。四十歳の異称が初老だったのだ。

馬ぼくぼくわれを絵に見る夏野かな
道の辺《べ》の木槿《むくげ》は馬に喰はれけり
明けぼのや白魚しろきこと一寸
海暮れて鴨の声ほのかに白し
水取りや氷の僧の沓《くつ》の音
山路来て何やらゆかし菫草
古畑やなづな摘みゆく男ども
よく見れば薺《なずな》花咲く垣根かな

古池の句の出来たころの芭蕉の句を挙げた。いずれも四十代に入って、つまり初老になって詠んだ句だ。彼はこれらの句によって芭蕉になった。換言すれば芭蕉は老いた俳人だった。ちなみに、「古畑やなづな摘みゆく男ども」の古畑は放置された畑であろう。この語が「古池」とつながっている気がする。つまり、放置された畑や池への関心が老いを迎えた芭蕉にあったということ。

右に引いた句をもう一度見よう。

「馬ぼくぼくわれを絵に見る夏野かな」は馬上の自分を絵として眺めている。芭蕉が芭蕉らしくなったのは、五七五の表現が言葉の絵になった時、と私は思っているのだが、この句などはまさにその例である。

言葉の絵になった句には解説がいらない。読者はただちにその絵の前に立って自分なりの鑑賞が出来る。木槿、鴨の声、氷の僧など、実に見事に絵になっていると言ってよい。少し脇へそれるが、私たちはたとえば画廊で絵を見るとき、絵の前に立って自分なりの鑑賞をする。絵に添えられた解説があったとしても、それは参考にすればよいので、なによりも大事なことは一枚の絵が自分にとってどう見えるか、である。芭蕉の句は、それぞれが一枚の絵として私たちの前にある。

芭蕉は十代のころから句を詠んだ。だが、現代の私たちは、彼の若い日の作品にはほとんど魅かれない。その作品は解説とか注釈がなくては読めないのだ。芭蕉の時代、俳人が力を入れたのはいわゆる連句であり、芭蕉自身、自分は発句（今の俳句にあたるもの）よりも連句が得意だ、としばしば述べたという（「宇陀法師」）。でも、今日、芭蕉の連句を読んで楽しむ人はほとんどいない。連句は本来、読んで楽しむべきものではなく、一座した人々、すなわち連句を共に巻いた人たちがその場で楽しむものだった。後から読む文芸ではない。後で読もうとすると、連句の場を再現することになり、そのためには考証が必要になる。幸田露伴や安東次男などがその考証を試みて読んでいるが、でもそれは考証という芸、あるいは表現である。芭蕉の連句そのものは、それが巻かれた座における芸であり、座を離れたら反故に過ぎなくなる。芭蕉はそのことを、連句は「文台をおろすと、ふる反故と心得べし」（「篇突」）と述べている。連句の席で句を書きとめる机が文台だ。文台は座の中心であり、その文台の上に連句はあった。文台から降ろしたら（後日になったら）連句はもはや古い反故なのだ。

前回に述べたように、私たちは現在、連句とはかかわりなしに俳句を作っている。芭蕉が得意とした連句には関心を示さないで、もっぱら俳句だけを鑑賞している。これはたしかに芭蕉の一面を受け止めているのだが、おそらくそれでいいのである。勝手な、ある意味では無知で暴力的ともいうべき読み（鑑賞）がいつの時代にも古典を蘇らせる。芭蕉は現在、そのような読みによって大きく浮上している俳人なのだ。

さて、四十代に至った芭蕉は、彼の仲間たちに翁、師翁、芭蕉翁などと呼ばれていた。今日の感覚では四十歳で翁、初老というのはやや妙だが、芭蕉の時代にはそれが普通であり、彼の俳句はいわば翁の文芸（老人の俳句）であったと見てよい。「奥の細道」の旅にしても老人の旅であった。だから次のように始まっていたのである。

「月日は百代《はくたい》の過客《かかく》にして、行かふ年も又旅人なり。舟の上に生涯をうかべ馬の口とらへて老《おい》をむかふる者は、日々旅にして、旅を栖《すみか》とす。」

「奥の細道」は老人の旅の記なのだ。

第九回　言葉との体力勝負

（二〇二二年五月）

●体力勝負

若い日のある日、知り合ったA新聞社の記者が、「坪内さん、わが社では俳句などの短詩形の担当者は同時に囲碁・将棋を担当します。それが当社の伝統です」と言った。彼の口吻には、俳句や囲碁・将棋は老人の趣味だという感じがあった。私もその感じに同意して笑った。だが、近年になって、あの時の判断は間違っていたかも、と思うようになった。

いうまでもないが、囲碁・将棋で活躍するのはいつの時代にも若い人である。たとえば将棋は、二〇〇二年生まれの藤井聡太の時代になっている。かつて時めいていた羽生善治は急速に凋落しているが、羽生は一九七〇年生まれ、まだ五十一歳だ。つまり、将棋の世界は圧倒的に若い人の活躍の場なのだ。将棋は老人の趣味ではなく、若い人たちが勝負する世界だ。もちろん、その世界を取り囲む多数の老人たちがいて、それでなんとなく将棋が老人の趣味のように見える。

実は俳句も同様である。実際に新しい作品を作り出しているのは若い作者たちであるが、俳句にかかわっている大多数は老人たちだ。次の三句は若い人の若い日の作である。

柿くへば鐘が鳴るなり法隆寺　正岡子規
赤い椿白い椿と落ちにけり　河東碧梧桐
遠山に日の当りたる枯野かな　高浜虚子

子規の句は明治二十八年（一八九五年）の作、作句当時の彼は二十七歳だった。碧梧桐の句は明治二十九年作。碧梧桐は明治六年の生まれだから、なんとこの句は二十三歳の作である。虚子の句は明治三十三年、作者二十七歳の作だ。近代俳句の出発を画した三人の代表作はいずれも二十代の作品なのだ。

子規は明治三十五年に亡くなるが、碧梧桐と虚子は長く生きる。碧梧桐はいわゆる自由律の句を作るようになるが、還暦祝賀会の席上で俳壇からの引退を告げた。俳人としての活躍のほかに書家、紀行文作家、ジャーナリストなどの多彩な活動をしたが、彼は結局、椿の句以上の作は残さなかったのではないか。彼の自由律の試みは失敗だったというか、しかるべき結実に至らなかった、と私には見える。では、虚子はどうか。彼は雑誌「ホトトギス」を拠点にして俳句圏を形成し、主宰として君臨した。つまり、俳壇の中心で活躍したのだが、次のような作において、俳句の新しい局面を開こうとした。

金亀子《こがねむし》擲《なげう》つ闇の深さかな

爛々《らんらん》と昼の星見え菌《きのこ》生え

残念ながら碧梧桐には虚子のこれらに匹敵する作がない。彼は二十三歳の椿の句の先に出ることができなかった。

と、ここまで書いて、囲碁・将棋は若い人の戦いだ、と坂口安吾が書いていたことを思い出した。安吾は言っている。

碁の専門家は十四五歳で初段になるのが普通ださうだ。二十四五歳で高段者、準名人にもなつてしまふ。それから後は衰へる一方だといふから、力士や野球の選手と同じやうなものらしい。その道の天才がなければ大成しがたいものではあらうが、能だとか浄瑠璃だとか、人形使ひといふものと比べることはできない。芸ではなく、力の錬磨に重点がある。

詩人が碁打と同じやうなことを言ふ。詩といふものは三十前に書きつくされてしまふものだと言ふのである。三十すぎると、衰へる一方である。

するると、日本の詩人は碁打と同じやうなものらしい。力士とか野球の選手と同じやうな青春の遊戯のひとつなのである。僕は、必ずしもこの判定が不当だとは考へてゐない。なぜなら、詩人自らがさう判定して、自らの限界を立派に示し、その判定にあてはまるやうな仕事を示してゐるからである。だから、もし、五十六十に及んで、年齢と共に人性観照の深さを示し、二十三十にして到底及びがたい詩境を示してくれる詩人が現れれば、木の葉詩人や木の葉詩論が一掃されることも請合ひだ。（「日本の詩人」昭和十六年）

この安吾の説を目にしたのは五十歳前後のころで、そのころ、「うん、一理ある」と思ったのだった。私自身が若さを通過していて、新しい詩境を開くことに苦戦していた。

ちなみに、年齢を重ねると多くの人は俳句がうまくなる。俳句の表現術に習熟し、そつなく五七五の言葉の世界を作るのだ。安吾の言い方にならえば芸が発達するのだ。うまい俳句とは芸としての俳句だが、私はその俳句には魅力を覚えない。うまくなるのではなく、五七五の表現を言葉の新しい前線に立たせることに魅かれる。五七五の言葉を新しくする、そのことに俳句を作る醍醐味があるのではないか。

囲碁・将棋や相撲、野球などのスポーツはたしかに体力勝負だ。創造力もまた体力勝負なのではないか。五七五で表現する現場も体力勝負なのかも。

●言葉との初戦

私が愛唱している次の俳句は、いずれも作者の若い日の作だ。

白藤や揺りやみしかばうすみどり　芝不器男
しんしんと肺碧《あお》まで海の旅　篠原鳳作
緑蔭に三人の老婆笑へりき　西東三鬼
万緑の中や吾子《あこ》の歯生え初むる　中村草田男
ものの種にぎればいのちひしめける　日野草城
流氷や宗谷の門波《となみ》荒れやまず　山口誓子

これらは昭和前期を代表する作品である。早世した不器男や鳳作は別として、三鬼、草田男、草城、誓子は若い日に作ったこれらの代表作とは別にさらに新しい五七五の言葉の世界を示しただろうか。長生きして老人になった草田男や誓子の俳句は物足らないのではないか。

右のように述べた後で二人の句を引くのはなんだかつらいが、平井照敏編『現代の俳句』(講談社学術文庫)から二人の晩年の句を示そう。

科学自体は残酷ならず寒の月　草田男
折々己れにおどろく噴水時の中
げんげ田の広大これが美濃の国　誓子
伊吹山他山に雪を頒《わ》け惜しむ

これらはそつなく詠まれた五七五ではあるだろうが、言葉との勝負が感じられない。先に挙げた句にあった言葉の勢い、鮮度がないのだ。

言葉は体力とかかわっている。物心のついたころから、人は言葉をどんどん身に着ける。いや、物心がつくとは言葉を身につけるということだ。言葉を通して感受し、発信する、それが物心のついた状態であろう。

言葉を身に着けながら、やがて人はその言葉に反抗、反発するようになる。言葉は先行する世代のものというか、自分よりも先にすでにある。その言葉を素直に身に着けるだけでは、大人（先行する世代）のコピーのようになってしまう。だから、反抗、反発をするのだ。大人とは違う言葉を身に着けて自分らしさを出そうとする。その時期の言葉がいわゆる若者言葉である。大人から見たら言葉を乱しているように見えるが、若者としては言葉と勝負をしているのだ。自分の言葉を獲得する勝負である。

もちろん、言葉をすべて新しくすることはできない。文法の違反、略語の使用、外来語や隠語の多用、イメージやリズムの新調などを通して、それまでの言葉とは違う状態を作り出そうとする。その際、五七五においてそれをする人があって、その人が若い俳人だ。

言葉を乱すには体力がいる。乱してさらに表現するにはいっそう体力がいる。もちろん、意志や持続力、瞬発力など、スポーツにおける体力とほぼ同様のものがこの場合の体力である。

言葉との勝負で発揮された体力は、しばしば第一句集の成果になる。三鬼、草田男、草城、誓子などは彼らの第一句集がまさに言葉との勝負の結果である。もっとも、第一句集では勝負の結果が顕著でない人もいる。加藤楸邨などがそうである。

雉子《きじ》の眸《め》のかうかうとして売られけり
鮟鱇《あんこう》の骨まで凍ててぶちきらる

これらの彼の代表句は第六句集『野哭』、第八句集『起伏』にある。言葉との勝負が若い時よりも中年において熾烈であったと言ってよいだろう。

私の場合、二十代の終わりに出した第一句集『朝の岸』は物足らない。言葉との格闘が成果にいたっていない。四十歳で出した第四句集『落花落日』になってやっと自分の言葉らしいものに手が触れた感じだ。作品としてはたとえば次の「甘納豆　十二句」。前半を引く。

一月の甘納豆はやせてます
二月には甘納豆と坂下る
三月の甘納豆のうふふふふ
四月には死んだまねする甘納豆
五月来て困ってしまう甘納豆

甘納豆六月ごろにはごろついて

これらの句が出来て初めて自分の五七五の言葉を手にした気分になった。もっとも、人が三月の句をしきりに話題にしてくれたことがその気分を醸成したのだが。

言葉との勝負をたいていの人が一回は行なう。俳人はその勝負を第一句集にほぼ示す（楸邨や私のように遅くなる者も例外的にいる）。もちろん、俳句を作らない人もこの勝負をする。自分の言葉の世界を手に入れる、すなわち自分という主体を作るためには、この言葉との勝負を避けるわけにはいかないのだ。この勝負を具体的に示した有名な詩を引こう。茨木のり子の「自分の感受性くらい」という詩だ。

ばさばさに乾いてゆく心を
ひとのせいにはするな
みずから水やりを怠っておいて

気難かしくなってきたのを

友人のせいにはするな
しなやかさを失ったのはどちらなのか
（略）
自分の感受性くらい
自分で守れ
ばかものよ

ちくま文庫『茨木のり子集　言の葉2』から途中の三連を抜いて引いた。この詩、人生を説くという感じが少しして、そこは好きでないが、最後の「ばかものよ」に「わかものよ」が重なる気がする。そして、ばかものであることを笑って肯定しているようで、そこがとっても好きだ。言葉と勝負するとき、人は従来の言葉の秩序を壊したりはみ出したりする。すなわち、必然的にばかもの状態になる。

さて、最初の言葉との勝負の後、人は、俳人は、どうなってゆくのだろうか。

第十回　意固地な片思い

（二〇二一年七月）

●ウザイ老人

Ｚｏｏｍの画面へ入った途端、相手はエッ！という表情になった。それからちょっとわびるような顔で、「一九九〇年代の先生の本を読んでいたものですから」と言った。小学生向けの記事を作るので、正岡子規についてＺｏｏｍでインタビューさせて欲しい、と言われ、その日のオンライン対面になったのだった。要するに、まだ二十代の相手は、予想を超えた老人の出現に驚いた。

しかし、このエッ！はまだよい。ひどく心が傷つくのは、小学生の「このおじいちゃん、ウザイ！」という目つきだ。私は一九九〇年代から小学生といっしょに俳句を作ってきた。そして、近年、十歳と七十歳の言葉は通じているべき、と考え、そのことを話したり書いたりしてきた。十歳の子どもは言葉を盛んに身につけている。いわば言葉の獲得期にいる。

当然ながら、その時期の子どもの言葉は生き生きしているし、また乱暴な言い方などをしていわゆるいじめを引き起こしたりする。彼らはさまざまな言葉の問題を集中的に体現している。そういう子どもたちと言葉において同じ地平に立ちたい。表現する者の位置がそこだ、と私は考えてきた。

教室で小学生に向き合ったとき、私はまず、次の句を口ずさんだ。

三月の甘納豆のうふふふふ
春の風ルンルンけんけんあんぽんたん
桜散るあなたも河馬になりなさい

これらを口ずさむと子どもたちは表情がゆるんだ。その表情の変化で、私はこの子たちと言葉が通じていると確信したのだった。

近年、その確信がときどき揺らいだ。子どもたちとやり取りしていると、たまにだが、「ウザイな、この人」という表情に出会うようになった。相手の声が聞き取りにくくて、「もう一度言ってよ」と要求するときにその表情をする。つまり、言葉のテンポが合わなくなっているのだ。私は難聴気味で、ことに少女の声は聞きづらい。だから、「ウザイなあ」という顔をするのはたいてい少女だ。以前はぽんぽんとやり取りしていて、互いの言葉が弾んでいたが、難聴がその弾みを失わせるのだ。

というわけで、私の言葉は十歳の子どもに通じ難くなっている。と思っていたところ、さらにショックがあった。小学生と俳句について話していたとき、「私のようなおじいちゃんは身近にいないでしょ」と聞いたら、彼女たち、こくんとうなずいた。祖父母が家にいたとしても六十代であり、八十代の老人はいないだろう。だから、こくんとうなずいたのだ。「じゃ、こんな老人、まあ大老人というかスーパー老人だよね、私のような老人を見るのは初めて?」このように聞いたら、またもこくんだった。私は彼女たちが初めてまじまじと目にする老人なのだ。今までは眼中になかったのである。電車などで私の年齢の老人と乗り合わせていたはずだが、でも、目に入ってはいなかった。

しかし、これはあたりまえと言えなくもない。私なども小学生のとき、八十代の老人は眼中になかった。いや、五十代、六十代のときにも、である。ショックだったのは、実はこの自分のうかつさに気づいたからだ。私が十歳の子どもに通じなくてはいけない、と思ってきたことは、そもそもが私の思いこみであり、とっくに私の言葉は十代の子どもから離れていたのではないか。

老人の片思い。そんなフレーズが頭に浮かんだ。もはや、私の言葉は、以前のテンポを失っている。身体にかかわっているそのテンポ（言葉のリズム）は回復不可能だ。どうしたらいいのだろう。おそらく、どうしようもない。片思いを意固地に持続するほかには。

そういえば、俳句とのかかわりを深めた二十歳前後のころ、老人の俳句とは違う俳句を作ろう、と思ったのだった。俳句の世界は老人たちが幅をきかしているが、その世界に風穴を開けたい、と思った。こういう考えは、ある意味ではどの分野にも通じるごく普通の考えかもしれない。経済とか政治、学問などでも結構老人たちは幅をきかしていて、その幅が壁のようになっていることがある。その壁を崩さなければ新しい風は吹かない。

俳句の世界はことにそうである。いつの時代にも老人が幅をきかしてきた。正岡子規の時代、あるいは昭和十年前後の新興俳句の時代には若い俳人が目立ったが、それはしかし圧倒的多数だったわけではない。圧倒的多数の俳人（俳句を作る人）はいつの時代も老人だった。俳句は老人たちの言葉の世界であり、時々若者がやってきて外からの風が吹いたのだった。今もおそらくこの事情は変わらない。ほとんどの俳句結社は老人ばかりだ。

●ひねくれ老人

私は、もしかしたら、老人になりそこねている老人なのか。老人でありながら、老人仲間に素直に入っていけないひねくれ老人なのか。おそらくそうである。

桜エビかき揚げにして和解して
独りいて木椅子の春のがたつくよ
机辺とか帰帆とか好き雲は春
デコポンとやりたいなんてなんてまあ
ああ、今は長崎を待つ春うらら
春うららクロサイなどは孤立して
逸脱と長崎が好き桜散る
もしかしてカバが来るのか花曇り

私の俳句とエッセー集『早寝早起き』（創風社出版）から九八頁〜一〇一頁にある句を写した。デコポンとやりたいなんて、ほんとうに、なんてまあ、である。

ここで詩を一つ、読みたい。つい先日、私たちの「ことばカフェオンライン店」で話題にした詩「朝」。作者は山本純子、私の俳句仲間だが、H氏賞を受けた詩人でもある。

朝
電車に乗り合わせた人に
実は
と言ってみたくなる

吊革に並んで
揺られていると
電車が
トンネルを抜けて
あっ　空だ
という時なんか
実は
と言ってみたくなる

言ったら
相手は
とまどって
えっ　そうなんですか
とか何とか
言うのだろうか

就職が決まったんです
でも
結婚するんです
でもなくて

今日　誕生日なんです
くらいは
小さな声で

言ってみてもいいのかなあ

車両の
壁に貼られた
ポスターで
ウサギとクマが
電車のマナーについて
お話している

どうなんだろう
ウサギさん
クマさん

詩集『きつねうどんをたべるとき』（ふらんす堂、二〇一八年）にある詩だ。最初の連の「実は」と言ってみたくなる気持ち、これは私などにもある、いや、多くの人の持つ気持ちであろう。だから、トンネルを出て空が広がったとき、「実は」が始まるか、と期待する。でも、結局は「実は」の後はない。乗車マナーの啓発ポスターに描かれているウサギとクマに心の内で問いかけるだけ。事態は変化しないのだ。

というようなことを「ことばカフェ」で話していたら、カフェに来ていた一人が、内の子が小学生のとき、トンネルを出た途端、大声をあげて叫んだのよ、快晴の空を見て、と言った。小学生は「実は」の続きを率直に表現する。でも、普通の大人だと、空を見て「実は」と話しかけたら変な人と見なされる。これはどういうことか。カフェの議論はここで盛りあがったのである。

「実は」と話しかけてしまうと、常識というか秩序を破壊する。これを言葉に即していうと文法からの逸脱だ。この「朝」という詩はその破壊、逸脱の衝動にかられている詩なのではないか。つまり、詩の主人公は変な人になろうとしている。

ところで、「ことばカフェ」とは私が提唱している言葉を考える集い。オンライン店と箕面店、京都店、兵庫県夙川店が営業中だ。若者の参加も歓迎だが、店に来るのは大半が老人。老人があらためて言葉に向き合う、つまり、言葉について考え議論する場が「ことばカフェ」。ときにはここで句会もする。これも変な店だろうか。

第十一回　あなたのお茶碗

（二〇二二年九月）

●葱二本は傑作

若い友人がやってきた。コロナ禍のここ数年、訪ねてくれる人はほとんどいなかったが、ウイズコロナが言われるようになって、二〇二二年の初夏のころからはたまに人が来るようになった。もっとも、来た人は室内でもマスクしている。私もその来訪者に合わせてマスクをする。来訪者は、老人の家へコロナを持ち込みたくないし、老人も不注意による感染は防ぎたい。その思いが、室内での互いのマスクになっているのだ。

若いといっても六十歳を超えているその友人は、「言ったそうですね。物騒なことを。なんでも、歌碑はもう古いと歌碑開きの挨拶で発言したのでしょ。もっとも、発言の趣旨には賛成ですが。」と来た途端に言った。

歌人の永田和宏・河野裕子さんのいわゆる比翼の歌碑が京都の法然院に建ち、私は招かれて除幕式に出たのだった。その日のスピーチで、たしかに言ったのである。歌碑はもう時代遅れ、今では邪魔もの扱いをされがちで、建ってしばらくしたら草むらになる。歌碑や句碑を鑑賞する人も今ではほとんどいない。歌碑めぐりや句碑めぐりという文学の鑑賞法がかつてあったけれども、それはもう過去のものになっている。さて、そんな時代の流れの中で、本日建った歌碑はどうなるだろう。草むらの中で苔むすか、意外に新しい局面を開くことになるか。以上のような話をしたのだったが、歌碑開きの参加者は苦笑というか、やや困ったように笑っていた。

「句碑や色紙が今や時代遅れというのはよく分かります。ねんてんさん、句碑や色紙ばかりでなく、俳句そのものが時代遅れじゃないですか。ここへ来る前に大阪・梅田の大きな本屋へ寄って俳句のコーナーをのぞいたんですが、並んでいるのは夏井いつきの俳句入門書ばかりですよ。俳句の商業誌や句集も申し訳程度に並んでいますが、パラパラッと見るだけで面白くないのがすぐ分かる。俳句は今、危機というか、とってもおもしろくない状況になっていませんか。」友人はかなり辛辣である。彼は俳句は詠まないが美術やジャズにくわしい。アニメにもはまっている。私は彼からその方面の情報をもっぱら仕入れている。

「端的に言って、今、俳句はおもしろいですか。これ、ねんてんさんに聞こうと思ってきたのです。もしかしたら、ねんてんさん自身もおもしろいと思っていないんではないですか。ねんてんさんは最近、ほんとうは俳句が好きでない、としゃべっていますよね。俳句が好きでないくせに俳人と名乗る、そこにねんてんさんの矛盾というか、不可解なところがあります。」

「うん、その疑問は理解できるよ。でも、正直にいえば、自分でもよく分からないのよ。もう半世紀、俳句にかかわってきたわけで、最初から、実は俳句になじめなかったというか、なんとなく嫌いだった。あまりにも短く、言いたいことがほとんど言えない俳句って、はたして文学なのか、と思ってきたのです。でも、魅かれるものもあった。文学にはなりえないような何かに魅かれてきたのです。最近、あるところで次の句を話題にしました。

葱二本太いのとちよつと細いのと　行方克巳

「WEP俳句通信」一二六号に出ている特別作品二五句の中にあります。この句以外はほぼ駄作です。

腐れ蜜柑あまし少年老い易く
湯豆腐や追込みに足投げ出して
湯豆腐や切つた張つたのなき世にて
湯豆腐や二ヶ言三言しをらしく
穀潰し同士湯豆腐浚ひけり

冒頭の五句を挙げましたが、緩いですよね、崩れた湯豆腐みたいです。この作者は、しかし、極端に緩く、あるいは極度に崩れるのですよ。その例が葱二本です。葱二本、細いのとちょっと太い二本がある、というだけの句ですが、こういうことを俳句にしようなんて普通は思わないですよね。でも、〈葱二本太いのとちよつと細いのと〉と言われてしまうと、なんだか葱を見直したくなるよ。葱が気になるのです。うまく言えないけど、俳句のこのような一面が私には気になるのです。魅力だと思えるのです。」

「ほとんど無意味に近いですよね。どうでもいい、というか。そういう風景、あるいは美に、ねんてんさんは魅力を覚える?」

「うん、そうかもしれない。この句のすぐ後に〈一介の素浪人よと葱提げて〉があるけど、こっちはまったくダメ。駄作です。意見を言っているからダメなんです。葱よりも素浪人（この言葉、古いなあ）が表に出ている。葱二本だけの風景に及ばないです。」

「なるほど。行方さんの特別作品には

　己が鼻ぼんやり見ゆる湯ざめかな
　マフラーの端を弄《いじ》つてばかりゐる

という句もあって、これらも無意味に近いと思いますが、この鼻やマフラーの句はどうですか。」

「並みの俳句でしょう。これらの句では、見る、弄るなどの意識がまだあるのです。それにくらべると、葱二本ではそんな意識が消えています。二五句の内で葱二本だけがいいのです。もしかしたら、君はもう葱二本の句を覚えたのではないですか。すぐ覚えられてしまうのは俳句らしい俳句だ、と私は思います。ちなみにですね、〈太いのとちよつと細いのと〉の言い方もいいですよ。一種の対句が快いリズムをもたらし、二つの〈と〉も響き合う。葱二本と親和的な作者の気分がこの言い方によく出ているのです。」

「以前にねんてんさんは、行方さんの〈空蟬に象が入つてゆくところ〉を絶賛していましたね。小さな空蟬に象が入ろうとしているその突拍子もない発想がいい、と。でも、行方さん自身はどうなんでしょうか。ねんてんさんがいいという句を本人はどう思っているのかなあ。褒められて迷惑、というのもありますよね。」

●無理にでもおかしがる

「迷惑かもしれないなあ。彼は私と同年の生まれだし、同級生的親近感を発揮して、私は勝手なことを言っているのです。同じ一九四四年生まれの俳人はほかにもかなりいるのですが、たいていがおもしろくないのよ。年を取るにつれておもしろくなくなっている気がする。

そうそう、田辺聖子さんの小説に姥《うば》シリーズがあるでしょ。主人公・歌子さんの七十代後半から八十代に及ぶ暮らしを描いています。これ、四冊からなる四部作で、行方さんや私の年齢、すなわち七十八歳の歌子さんを描いたのは『姥うかれ』（新潮文庫）です。この『姥うかれ』、

まっさきに電話してきたのは、箕面《みのお》にいる三男の嫁である。

と始まります。箕面市の住民である私としては、たちまち引き込まれますが、歌子さんの三人の息子も嫁も頭が硬いのです。」

次は長男の歌子さんへの電話である。

とにかく、いうときまッけど、トシヨリは悪ふざけしたらあきまへん。トシヨリに冗談や嘘は似合いまへんのや、豊中の女房《よめはん》なんか、オ母チャンがスッテンテンで皆売り払《はろ》た、いうのん聞いて、ぶっ倒れて脳震盪《のうしんとう》おこしたらしまっせ

この豊中の女房は二男の嫁だが、歌子さんはこの長男の電話に、「欲の皮突っ張ってるわりには、ヤワな体やこと」と応じる。歌子さんが詐欺商法に引っかかって財産を失ったのではないか、と息子とその嫁たちは心配しているのだ。ともあれ、歌子さんは嘘や冗談が好き、皮肉や意地悪、おふざけなども。そうしたものが、生きる知恵、あるいはエネルギーだと歌子さんは思っている。「おかしがることも出来ぬほど、深刻な目にあわされた時でも、無理におかしがらねばならぬ」と歌子さんは考えている。この歌子さんに私は共感する。歌子さんと友だちになって、嘘や冗談を楽しみたい。

夢の世に葱を作りて寂しさよ　永田耕衣
死にたしと言ひたりし手が葱刻む　加藤楸邨
二人居の一人が出でて葱を買ふ　細見綾子
少年の放心葱畑に陽が赤い　金子兜太
白葱のひかりの棒をいま刻む　黒田杏子

手元の俳句歳時記で葱の項を見たら右のような句が並んでいた。画然と際立つではないか、次の句が。

葱二本太いのとちよつと細いのと

葱だけがあるのだ。「太いのとちよつと細いのと」が。ただそれだけのことだが、なんだか葱の存在をまざまざと感じる気がする。二本の葱のその存在感がうれしい。
「俳句って、嘘や冗談だ、ということですか。そこまで言い切ると、世の中の多くの俳人は反発しそうだなあ。みんな真面目だもの。先の耕衣以下の句もまじめに人生を考えていますよ。冗談や嘘から遠い気がする。空蟬に象が入るのは、たしかに、嘘！と言いたくなりますが。」

「行方克巳は無意識です。意識しておもしろがる、つまり、自覚的に嘘や冗談を言っているのではないでしょうね。空蟬や葱二本はひょっと出来ている。一種の天然ボケでしょうか。あの人、髪が天然色です。この前、会う機会があって聞いたのだけど、教師として勤めていたときから髪を染めていたらしいです。茶や緑や紫に。多分、蔭でいろいろ言われたと思うよ。人が集まると話題にもなったでしょうね。私、それが彼のいいところだと思っています。ずれる、並はずれになる、一律を拒む、……というような精神というか意志が彼のうちにあって、それが彼の五七五の言葉の根っこになっている。」

「ああ、そういうことですか。なんとなくわかってきた気がする。歌碑びらきで、ねんてんさん、河野裕子さんのおかしい歌を取りあげたそうですね。」

「〈朝ごはん食べてゐるとき何故《なぜ》かしらあなたのお茶碗に箸を突つこむ〉です。これ、お行儀が悪いです。夫婦や恋人どうしであっても普通はしない。でも、それをしてしまうすてきな歌人、それが裕子さんだった、と話したのです。」

ふと気がついた。なんと友人はマスクをいつのまにかはずしていた。

第十二回　老いの二例—誓子と信子

（二〇二二年十一月）

●老人の特色

老いの俳句を考えてきて、だんだんに分かったことがある。真面目な老人は俳人として面白くないということ。若い時にすてきな句を詠んだ俳人も、真面目な老人になると次第にだめになる。もちろん、真面目な老人は社会的には歓迎されて、いろんな賞をもらったりするが、でも俳人としては魅力を失う。

で、老人だが、私が意識している老人は、いわゆる後期高齢者世代である。

・もの忘れをする。
・膝や腰が痛くなる。
・よろよろ、もたもたする。
・よいしょと声を出して坐ったり立ったりする。

・コンビニのレジでもたもたする。
・駅でさっと切符が買えない。
・スマホの操作がのろい。
・幼児の声が耳に痛い。
・どこででも居眠りをする。
・話が長い。
・定食やコース料理が食べきれない。
・声がでかい。

老人の特色(実は私の特色)を列挙したが、これらの項目のうちで、「幼児の声が耳に痛い」のは若い人には分からないかもしれない。私も最近になって分かるようになった。以前(後期高齢者になる前)、保育園や幼稚園の建設に老人たちが反対しているニュースがテレビに流れたが、その反対の理由がのみこめなかった。近所に幼児がやってくれば、その子たちの元気を老人はもらえるのではないか。それなのに、なぜ反対するのだろう、と思っていた。ところが、自分が老人になって初めて分かったのだが、幼児のかん高い声は、元気の源などというものではなく、耳に突き刺さる強烈な違和感なのだ。耐え難い騒音である。

だから、老人たちは、近所に保育所などが出来ることに反対していたのだ。
電車の中などでも、近くに幼児を連れた家族が来ると、私は警戒するというか、隣の車両へ移ることにしている。幼児が高い声で叫んだりすると、殴り倒したい気になるから。種田山頭火の日記を読んでいると、やはり幼児の声をうるさがっている。声がうるさいので幼児そのものを嫌がっている。かつてはその理由が分からなかったが、要するに山頭火もまた老いていたのだった。

一本に子供あつまる榎《え》の実《み》かな

榎の実散るこの頃うとし隣の子

正岡子規の句だが、若い子規にとっては子どもの声は元気の源だったに違いない。でも、今の私だと、「この頃うとし」と残念がるのではなく、来なくなったことで安堵するだろう。ところで、一生青春、老いてなお青春を生きる、などという人がある。実は、このような言い方をする人に真面目老人が多い。私にとっては苦手な老人たちだ。そういう人に出会うと、先に挙げた老人の特色をつきつけてなじりたくなる。青春派の老人は、かん高い声の幼児に似ている。

●九十代の誓子

老いていよいよ真面目になった典型的な俳人は山口誓子だ。彼は長生きで、平成六年に九十三歳で他界した。その晩年は朝日賞を受け、国の文化功労者になり、神戸大学から名誉博士の称号も受けた。八十九歳でブラジルへ、九十歳で佐渡、九十一歳に隠岐、サハリンへと旅をしている。私が列挙した老いの特色からは遠い気がする。彼の九十代の句を句集『大洋』（平成六年）から引こう。

青き田に立ちて白鷺首伸ばす
信濃川大き青田を曲流す
三島より見る端正の雪の富士
新年のタクシー日章旗を交叉
富士山の裾野げんげの大平面

「曲流」「端正」「交叉」「大平面」という語の使い方に、俳句の新を開いてきた誓子らしさがあるだろう。だが、彼がすでに作っている次のような句の迫力はない。

流氷や宗谷の門波荒れやまず
スケートの紐むすぶ間も逸りつつ
夏草に汽罐車の車輪来て止る
秋の暮山脈いづこへか帰る
海に出て木枯帰るところなし

これらのよく知られている彼の代表句と比べると、九十代の作はとても平板、言葉に厚みを感じない。見たままの光景が誓子好みの用語によって無難に写されている。しかも、先の老人らしさには一顧もしない、という感じ。実は、『大洋』に添えられた松井利彦編の年譜によると、この時期の誓子には痛風があって、その痛風にかなり苦しんだらしい。でも、句にはその痛風の気配がほとんどない。

端的にいえば、老人になってからの誓子の作は悲惨だ。誓子門の人たちは、たとえば「青き田に」などの句にどのような反応をしていたのだろうか。誓子には、俳句がだめになればなるほど社会的名声があがった、という皮肉な事態があったのではないか。

私はひどいことを言っている？　昭和三十年ごろまでの誓子の私は熱烈なファンである。

見た風景を五七五の言葉の中で再構成するという彼の句法に注目してもいる。特に、再構成という意識をとっても大事なもの、と私は共感している。ただ、最初に自分が見た時の感動に彼は最後まで執着した。その結果、見て再構成するときの「見て」が、歳をとるにつれて彼の発想（再構成）を委縮させたのではないか。つまり、見るという自分の体験への強いこだわりが、再構成を弱め、新幹線の車窓から眺めたような風景句になったのだ。「青き田に」以下の句は車窓という現実を離れていない。車窓で構成した車窓俳句を誓子は作った。

この車窓を離れない、あるいは、車窓を離れようとしない誓子は、とっても真面目だ。新幹線の車窓から富士山や伊吹山を眺めながら、誓子は終生誓子だが、一人の俳人としては、鉄腕アトムになることだって、アリストテレスになることだって出来たはず。つまり、現実の生身の自分を離れて、作者という別の人格に変身することが出来たはずだ。だが、そのような変身はまったくせず、自分は自分であろうとした。それが私の言おうとしている真面目ということ。

●信子の場合

誓子に傾倒し、誓子に学んで著名な俳人になった人がいる。平成十六年に八十九歳で他界した桂信子。信子の作といえば、太平洋戦争の敗戦直後の次のような句を思い浮かべる。

ゆるやかに着てひとと逢ふ蛍の夜
藤の昼膝やはらかくひとに逢ふ
ふところに乳房ある憂さ梅雨ながき
窓の雪女体にて湯をあふれしむ
月光に踏み入るふくらはぎ太し

私は何度も言ってきたのだが、これらは肉体をあらわにした俳句である。太平洋戦争の敗戦直後、それまで禁圧されていた感情が、肉体をさらすというかたちで表に出た。その典型として信子の「ゆるやかに」以下の句があった。小説でいえば田村泰次郎、石坂洋次郎などの小説が信子のこれらの句と通じている。

これらの句を発表した後、彼女は俳句雑誌「草苑」を主宰、折からの女流ブームの中で、昭和後期の代表的俳人と目されるようになる。だが、その俳句が「ゆるやかに」以下の句を超えて豊かに展開したかどうか。俳人としての名声があがることと作品の質はうまく連動したのだろうか。

かつて信子は、肉体を前面に出した。それが俳人・信子だった。ところが、肉体をひっこめ、日々を生きる自分の感性を句の核にするようになり、

冬の水音なく岩を濡らしけり
冬滝の真上日のあと月通る
滝音を山の音とし冬深む

のような句を作る。右は句集『花影』にある平成六年、信子七十九歳の作である。『桂信子の百句』（令和四年）で「冬滝の真上日のあと月通る」をとり上げた吉田成子は以下のように書いている。

この句について信子は「物事の底にあって動かぬものを詠むべきで、それが俳句の本質ではないか（中略）冬滝の真上を太陽が通った後に、今度はお月さんが通るというだけの情も何もない情景です。これも動かないんです……」と述べている。

確かに太陽と月が入れ替わるように、日に一度滝の上を通るのはごく当りまえのことで、一見只事俳句のように思える。しかしこの循環が途絶えることなく永遠に続くこと

に思いをいたすと、自然の営みの不思議はおろか怖ろしささえ覚え、自然への畏怖がじわじわと伝わる。

正直に言えば、信子の言葉も成子の言葉もよく分からない。ことに、俳句は「物事の底にあって動かぬものを詠むべき」という信子の言葉は、ここでの引用だけからは判然としない。成子の解説に従うと、大自然の摂理に沿うことが俳句の本質と読めるが、そんなおおまかな把握でいいのだろうか。先の滝の句が目にした、あるいは感じた事実を表現していることは確かだが、その事実から大自然の摂理に及ぶのは無理ではないか。信子もまた、自分の見たということにこだわっている。そのこだわりに過大な意味づけをしているように見える。その意味付けが誓子的な真面目さと似ているのではないか。成子には悪いが、滝の句は只事俳句としか見えない。表現や発想にも格別の魅力を感じない。

肉体派女優ならぬ肉体派俳人に変身した信子は、すぐにその変身をやめ、変身とは逆に見える不動、不易に拠ろうとしたのか。

今、私は、『桂信子全句集』（平成十九年）にある信子の最後の年の作品を開いている。平成十六年、信子八十九歳の作品だ。「テレビよりわけのわからぬ初笑ひ」「段差なき閾にこぼす寒の水」「肉声といふもの恐《こわ》し冬の闇」などに老いの特色が感じられるが、これらの句は表現そのものに魅力がない。つまり、言葉が生きて動くという感じではない。真面目になりすぎているからではないか。ただ、次の一句だけは際立ってすてきだ。作者が黒揚羽に変身している。

黒揚羽野のまんなかの石乾き

世界から黒揚羽と野の石だけを取り出している。その他一切は消したのだ。黒揚羽は乾いた石に止っているのか、それとも止りはしないのか。ともあれ、五七五の言葉が一つの世界を明確に構成している。

第十三回　言葉の勢い

（二〇二三年一月）

●俳句の魅力

俳句はちょっとした表現である。言いたいことがたっぷりと言えるわけではない。なんかの拍子に、ふと常識を超える五七五の言葉が紡がれて、それが傑作として記憶される。一人の俳人にとってその傑作はほんの数句、ほとんどはあたかも砂のように消えてゆく。私が傑作と思っている句を挙げてみよう。

まさをなる空よりしだれざくらかな　富安風生
芋の露連山影を正しうす　飯田蛇笏
谺して山ほととぎすほしいまま　杉田久女
啄木鳥や落葉をいそぐ牧の木々　水原秋桜子

翅わつてててんとう虫の飛びいづる　高野素十
夏痩せて嫌ひなものは嫌ひなり　三橋鷹女
乳母車夏の怒濤によこむきに　橋本多佳子
葛城の山懐に寝釈迦かな　阿波野青畝
朝顔や百たび訪はば母死なむ　永田耕衣
外にも出よ触るるばかりに春の月　中村汀女
緑蔭に三人の老婆わらへりき　西東三鬼
万緑の中や吾子の歯生え初むる　中村草田男
夏の河赤き鉄鎖のはし浸る　山口誓子
爛々と虎の眼に降る落葉　富澤赤黄男
白藤や揺りやみしかばうすみどり　芝不器男
鮟鱇の骨まで凍ててぶちきらる　加藤楸邨
しんしんと肺碧きまで海の旅　篠原鳳作
チューリップ喜びだけを持つてゐる　細見綾子

ちるさくら海あをければ海へちる　高屋窓秋
春ひとり槍投げて槍に歩み寄る　能村登四郎
朝顔の紺の彼方の月日かな　石田波郷

書き写しているととってもいい気分になってきた。五七五の短い言葉が、あざやかに一つの世界を結んでいる。多様に、芳醇に。二十歳前後から俳句に関心を持ち、半世紀にわたって俳句になじんできた私は、右のような句に親しみ、これらの言葉の生動に刺激を受けてきた。ちなみにこれらの句は平井照敏編の『現代の俳句』（講談社学術文庫）によって引用したが、芝不器男の句だけはその本に出ていない。また、篠原鳳作の句は「海のたび」となっている。

右の句の多様で芳醇とはどういうことか。たとえば風生の「まさをなる空よりしだれざくらかな」だと、真っ青な大空からしだれて咲いている桜のさまが、まわりの風景の一切を消してあざやかに出現している。この構図の大胆で新鮮な感じは、蛇笏、久女の句に、いや他のすべての句にある。五七五の言葉があっと驚くくらいに広々とした時空を瞬時に感じさせる、それがおそらく俳句という短い表現の際立つ魅力なのだろう。

●老いは俳句を殺すのか

さて、問題はここからである。風生以下の傑作は、ほとんどが若い日の作である。鳳作、不器男のように早逝した俳人はいうまでもないが、他の俳人たちもその第一句集に傑作が出ている。老いて、すなわち老人になってからのこれらの人の傑作はほぼないのではないか。蛇笏、青畝、耕衣、草田男、楸邨などは長生きをした俳人だが、彼らにも老いてからの傑作はない。九十三歳で他界した青畝は老いを楽しんだことで知られる（川島由紀子『阿波野青畝への旅』創風社出版）が、彼の晩年の句は、たしかに日々を楽しんで作られているが、「葛城の山懐に寝釈迦かな」ほどの大胆さ、斬新さはない。

漱石忌二冊もころび広辞苑

シャガールの空を探せる春の蝶

川島は先の本で「最晩年の句」として右の句を挙げ、「あの分厚い広辞苑が二冊もごろごろ転がっていると言われると、なんだかおかしい。」「小さな蝶と大きな空の対比も効いていて、読めば広やかな気分になる。」とこの二句を評している。川島の読みに異存はないが、「葛城の山懐に寝釈迦かな」を覚えている読者（私）としては物足らない。青畝の俳句の言葉は葛城の句から先へは出ていないのではないか。

「朝顔や百たび訪はば母死なむ」の耕衣は九十七歳まで生きた。朝顔の句は彼が五十二歳で出した句集『驢鳴集』にあるが、最近に出た『永田耕衣の百句』（ふらんす堂）で著者の仁平勝はこの句を次のように読んでいる。

謡曲「通小町」で知られる深草少将の百夜通いを下敷きにしている。すなわち作者が深草少将なら、母は小野小町であり、これは母と子の恋物語にほかならない。

ストレートに解釈すると、百たび訪えば母は死ぬだろうということだ。それは裏を返せば、母が死ぬまでにせめて百たび訪いたいという思いであり、そしてその思いは、百たび訪うまで死なないだろうという願望に転化する。つまりこの句には、発した言葉が現実になるという言霊の力が託されている。毎朝新たに花を咲かせる朝顔もまた、その言霊に加担しているようだ。

言霊云々は発想の大胆さと読み替えてもいいだろう。百回も母を見舞うという常識的には大げさな表現、それが大胆な発想だ。この種の大げささはこの俳人の一貫する特色だった。仁平が挙げている次の最晩年の二句もやはり大げさである。

或る日父母が居ないと思う梅花かな

枯草の大孤独居士ここに居る

父母＝梅花、枯草＝大孤独居士という見方（発想）は常識を超えているというか、大胆に発想しているのだが、でも、「朝顔や百たび訪はば母死なむ」を覚えている私にとっては、耕衣的発想の変奏と見えてしまう。だから、これらの句には驚かないし、朝顔の句以上の傑作とは思えない。

草田男はどうか。前回に触れた山口誓子と同じであって、老年の草田男を俳人と呼ぶのは躊躇される。若い彼は傑出した俳人であり、先に挙げた句のほかに次のような傑作を残した。

そら豆の花の黒き目数しれず

家を出て手を引かれたる祭かな

玫瑰や今も沖には未来あり
降る雪や明治は遠くなりにけり
妻抱かな春昼の砂利踏みて帰る
空は太初の青さ妻より林檎受く

これらが草田男の俳句のピークではなかろうか。妻の句は太平洋戦争の敗戦直後の作だが、そのあたりで彼は低迷を始める。句集『母郷行』（一九五六年）以降の草田男は、端的にいえば悲惨、老いの俳句のむつかしさを端的に示したのではなかったか。

両手組めば握手に似たり雪降りつぐ
雪中梅一切忘じ一切見ゆ
獣屍の蛆如何に如何にと口を挙ぐ

平井は『現代の俳句』でこの三句を『母郷行』から引いている。三句とも格別にいい句だとは思わない。蛆を詠んだ句に草田男らしい社会性を感じるが、でも、ここに表現上の見るべきものはないだろう。私が傑作として挙げた彼の句と比べると、なんだか詰屈、変にねじれている感じだ。この感じを私は草田男の俳句的低迷だと思っている。

もちろんだが、右の草田男の低迷は他人ごとではない。ただちに私自身へはね返る問題だ。私だけでなく、現代の俳句界の大半を占めている老人の問題だ。

草田男はどうして低迷したのか。私見では、詩や俳句を自分の生き方と重ねたから、である。草田男には、

詩人地を踏んで近よる寺の薔薇

蟆子《ぶと》に血を与へては詩を得て戻る

改札チラと老詩人の横顔《プロフィール》燕の巣

詩三千汗くさく薬くさく酒くさし

夕蟬や詩のすなどりのなほ一網

というような詩、詩人を詠みこんだ句が多い。ほとんどが駄句、取るに足りないと思うが、草田男にとってはこれらの一種の自己像が大事だったかも。詩（俳句）に真面目に向き合う自己の確認、それがこれらの句に違いないだろうから。で、真面目になればなるほど俳句が私の領域というか私事に近くなっていった。言葉が私事的になったのだ。老いは俳句

（詩）を殺すのか。

多分、老いは俳句を殺してきたのだ。加藤楸邨が八十代に出した句集『怒濤』には

●時代の勢い

天の川わたるお多福豆一列

があって、私にとってのこの句は、高浜虚子の

爛々と昼の星見え菌《きのこ》生え

と並ぶ老人の句の二大傑作だ。虚子の句についてはこの連載においてすでに何度も触れたが、楸邨の句はそのマンガ的構図が圧倒的にすてきだ。天の川をお多福豆が一列になって渡っている（泳いでいるのか）光景は、天の川の定番である恋のイメージを一新する。いや、お多福豆も必死で恋人へ向かっていると想像すると、天の川の恋に新しい一面をもたらしたのかもしれない。ともあれ、こんな破格の句を詠む老俳人はすてきだ。

でも、虚子や楸邨はきわめてわずかな例外である。彼らにしても、ほとんどの句は自分

のピークの句の麓を低回している感じだ。爛々やお多福豆の句は例外的にひょっと出来たのかもしれない。

老人たちはなぜ俳句を殺すのか。時代の言葉に対して関心が薄くなるからではないか。

言うまでもないが、時代の勢いを背後にした言葉はその時代のもっとも潑剌とした言葉である。十代から三十代くらいの言葉がそれだ。自分が何をすべきかがまだはっきりしていなくて、あれこれ試行錯誤する年代だが、その試行錯誤が仕事や研究、創作などでひょいと思いがけないものをもたらす。別の言い方をすればこの世代は自分の言葉を探している。この世代の一種混沌としたエネルギーがいつの時代にも新しいものを産み出してきた。俳句でも同様で、今回傑作として挙げた句は背景に作者や時代の混沌としたエネルギーがある。作者の力だけで傑作ができたわけではない。

老人になると、定年退職という社会的区切りが示しているように、時代の勢いから逸れるのが一般的だ。そんな老人が俳人であった場合、時代の勢いからちょっと逸れた場にある季語は、心境的にとってもなじみやすいだろう。そこで季語に親しみながら、俳句の仲間と句会を楽しむようになる。現に私もそうなっているが、こうなると、かつてのピークを超えることはむつかしい。言葉が体現している時代の勢いを手放すから。

第十四回　破格、反抗、新しさ

（二〇二三年三月）

●八十代俳人の代表句

老人たちはなぜ俳句を殺すのか。時代の言葉に対して関心が薄くなるからではないか。右は前回に書いたことである。今日の老人たち、すなわち昭和生まれの俳人たちの句を挙げよう。

梟の目玉見にゆく星の中　矢島渚男
松の芯ときに女も車座に　宇多喜代子
睡蓮やふと日月は食しあう　安井浩司
じゃんけんで負けて蛍に生まれたの　池田澄子
十二月友にふとん屋こんにゃく屋　内田美紗

人参も青年も身を洗ひ立て　宮坂静生
茄子胡瓜母の育てしものを食ふ　大串　章
口論は苦手押しくら饅頭で来い　大石悦子
秋の蝶星に雫をもらいけり　酒井弘司
日輪へ発つ玉蟲の数知れず　黒田杏子
傷舐めて母は全能桃の花　茨木和生
水ひろきところにけふもかいつぶり　倉田紘文
地球抱《だ》けばかすみの奥の癇癪玉　竹中　宏
寒月下あにいもうとのやうに寝て　大木あまり
空蟬のしかと火薬庫抱きおり　中村和弘
仰向きに流れ行くなり春の川　鳴戸奈菜

八十歳以上の句を『現代俳句一〇〇人二〇句』（邑書林）によって挙げた。安井、倉田、黒田のようにすでに他界した俳人もいるが、この世代は私にとっては兄、姉の世代である。これらの句、彼らの代表句として話題になっていいのではないか。

俳句は話題になることで覚えられ、そして広がってゆく。何度も何度も口ずさむ、そういう機会がたくさんあって、いわゆる名句が誕生する。右の句群でもっとも口ずさまれているのは、池田澄子の「じゃんけんで負けて蛍に生まれたの」だが、この一句を生み出したところに、この世代の俳人の実力が示されているだろう。同時代とか同世代の言葉が作用して名句は生れる。作者を超えた言葉の力が名句には働いている。

では、それぞれの句を簡単に見よう。まず矢島渚男だが、この句は、梟の目玉を見に行く、という発想が意表を突く。しかも、行くのは満天の星のもとだ。いや、星空を行っているのかもしれない。宮沢賢治の童話「よだかの星」を連想するが、いろんな読み方が出来て、五七五の言葉の多義的な魅力を示している。

宇多喜代子の女の車座は日本語の新しい風景である。堂々と女性たちも車座になる、それをはしたないと見るかつてのまなざしがあったが、それがクリアに否定されて現代の風景になっている。

宮坂静生の人参も、この野菜がもてはやされるようになった時代の風景だ。青年と並んでこぎれいに存在を主張している。

安井浩司、竹中宏、中村和弘の句には地球の危機感みたいなものが感じられる。日と月が互いに食い合っているという発想は、いわゆる月食、日食を連想すればあたり前なことだが、実際に互いに食い合っている気がし、睡蓮が互いの肉と見えるかも。ちょっとぞっとする風景だ。竹中宏の句も地雷や核兵器を連想させて怖い。中村の空蟬も、火薬庫を抱いているがなんとも奇抜というか、意表を突く。ちなみに、意表を突くとは読者がはっとすることであり、俳句のとっても重要な一面だ。池田澄子、内田美紗、大石悦子、黒田杏子、大木あまり、鳴門奈菜の句も意外性がすてきだ。

大串章、茨木和生の母は、すなおにその全能性が信じられている。この素朴さはいわば私たちの気持ちの内にある不易なものなのかも。

倉田紘文の句は広い風景が小さなカイツブリへ収束するところにやはりはっとする驚きがある。「けふ（今日）」が瞬時にして永遠という感じもあり、イの音が響いてそれがカイツブリの高い声のようでもある。思い出したが、この作者は会う度に、「ねんてんさん、わが家の温泉に入ってよ」と誘ってくれた。大分県別府市に住んでいて、家に温泉を引いていたらしい。結局、倉田さんの温泉に入らずじまいだが、この人のおおらかな句風を今も愛している。

●八十代俳人の現在

『現代俳句一〇〇人二〇句』は二〇〇一年に出た。その年、右の俳人たちは五十〜六十代であった。つまり、掲出した句はこの本が出るまでの若い日にすでに作られていたのだ。では、最近はどうか。

綿虫に口なく恋をするばかり　矢島渚男
よき月が波のひとひらひとひらに　宇多喜代子
本棚の先生の場所千代の春　池田澄子
唐突に終りし「ボレロ」のち遅日　内田美紗
澤蟹の巨石をぐいと押して春　宮坂静生
敗戦忌満州いよよ遠くなり　大串　章
乾山の龍田を紅葉流れけり　大石悦子
荒野に立つあした一粒の麦を蒔き　酒井弘司
「戦争は終りました」と母の声　黒田杏子

川魚の漁師連れ来て山桜　茨木和生
亀の子を亀の子笊の底匍はす　竹中　宏
極寒の戦火のなかの人と犬　大木あまり
初春や化石の貝の花模様　中村和弘

「角川俳句年鑑2023年版」から引いた。この年鑑には各人が五句を載せているが、その五句の最初にある句を引いた。やや無茶な比較をするのだが、これらの句が『現代俳句一〇〇人二〇句』のそれより勝っている、とは思えない。

ああ、困ったなあ。ここまで書いて、次へどう進めるか、分からなくなっている。ともあれ、右の俳人たちの最近作は、彼らがすでに作った傑作から後退しているのではないか。宇多喜代子の「よき月」や池田澄子の「千代の春」、そして、大串章の「敗戦忌」や竹中宏の「亀の子」。それらに新しい何かを感じられない。唐突だが、民俗学者・柳田国男の「笑の本願」の一節を引く。

俳諧は破格であり、又尋常に対する反抗でもあつた。何か意外な新らしいことを言はなければ、その場で忘れられ又残つてもしやうが無い。（略）俳諧ばかりは旧臭いといふこと、凡庸だといふことが即ち滅亡である。進んで休むことを知らない今日の生活相に、誠に打つて付けと言はば言はれるが、昔とても頻りに変化して居る。守武宗鑑貞徳宗因と立ち替つて、我が尊とい芭蕉仏も、亦その一つの段階に過ぎなかつたことは、之を否まうとする人々が先づ自ら実証して居る。殊に現代に至つては眼が離せない。瞬き一つの間に一つの傾向は生れ、しかも前のものは尚衰へきれないで、拳を握つて汗になつて駆けくらをして居る。この無限の新らしがりは、結局はどうなつてしまふだらうか。種が尽きるか但しは元の根のある限り、即ち俳諧に対する要望の存する限り、如何なる形に化してでも尚連続するものか。斯んな面白い観物は日本より他には無い。

一九三五年の「俳句研究」に載った「笑の本願」の一節である。ここの「俳諧」は今の「俳句」と同義と見てよい。つまり、俳句が普通に対する破格、反抗であること、もっぱら新しくなければいけないことを、この民俗学者は明快、端的に述べている。そしてこの発言は、俳諧（俳句）史の展開に即したとってもまっとうな見解である。

●ハチャメチャになれるか

と、ここに至ってこのエッセーの道筋が見えてきた。先の八十代の俳人たちは、破格、反抗、新しさに欠けているのではないか。いや、破格、反抗、新しさでなく、尋常（普通）、従順、古さに傾いているのかもしれない。端的な例として次の二句をもういちど見よう。

敗戦忌満州いよよ遠くなり
乾山の龍田を紅葉流れけり

敗戦忌は太平洋戦争の敗戦を指す季語だから、その敗戦そのものが今では昔だ。もちろん、日本が統治（侵略）していた満州も。この句から私が読めるのは懐古の情だが、懐古や思い出は今への小さな反抗ではあるが、でも基本的に古い。「乾山の龍田」は尾形乾山の陶器として有名な乾山色絵竜田川図向付を指すのだろう。竜田川を描いた皿だが、その川に実際に紅葉が流れたのか。あるいは、紅葉を幻想したのか。どちらにしても、竜田川と紅葉の取り合わせは定番だから、この句は尋常、従順、古さそのもの。若い大石悦子は「口論は苦手押しくら饅頭で来い」と口語的な言い方を使って破格、反抗、新しさを発揮していた。相手に話しかける五七五の文体は実に瑞々しく、そして新しいものだった。
自分へ向かっての発言でもあるのだが、俳人、まして老人は、尋常はだめ、従順もだめ、古びてももちろんだめ。単純にいえば、ハチャメチャに言葉を使うべきなのだ。できるだろうか、そのような言葉使いが。権威とか気高い精神、あるいは悟りや諦念、そうしたものを破壊して乱雑や混迷や混沌の言葉に触れる。それができたら、もしかしたら老人も俳句を生かすかもしれない。

・できるだけ口語を使う。
・仮名遣いを現代仮名遣いにする。
・カタカナ語、流行語などを積極的に用いる。
・取り合わせで句を作る。

これは私が自分に課している作り方。このような作り方を通して現在の流動する日本語に触れたいのだが、実際はなかなか難しい。次はその試行の一端。

この朱欒ギリシャの村の道端だ　稔典

リスボンの靴屋の窓かヒヤシンス
先祖にはイソギンチャクがきっといた

これらがいいのかどうか、自分では分からない。もしかしたら、イソギンチャクの句はちょっとよいかも。

第十五回（最終回）　五七五の裏には何もない

（二〇二三年五月）

●大石さんと草餅

大石悦子さんが今年の四月二十八日に他界された。八十五歳だった。この連載では大石さんを何度も話題にした。好きな俳人の一人であり、勝手に親近感を抱いていたので、大石さんにいわば不満をぶっつけていた。大石さんに対する不満というよりも、面白い句の乏しい現状の俳句界への不満、それを大石さんにぶっつけていたのだ。

斧噛ませたるまま春の樹となりぬ
口論は苦手押しくら饅頭で来い
みづうみへゆらりと抜けし茅の輪かな
オリオンに一献シリウスと一献

囀れる鳥の名五つなら言へる

大石さんを追悼する気分のなかで、私は右のような大石さんの句を思い浮かべた。どれもいい句だ。彼女はこのような秀句を残して他界したのだ。

まず斧の句。斧をうち込まれたまま芽吹いた木が印象的だ。もしこの風景が絵であるとしたら「春」、または「命」という画題になるのだろうか。斧は錆びたまま刃を深く木に嚙みこませている。

口論の句は大石さんの句で私が一番好きなもの。体力で張り合おうというこの意気込みが好きだ。それに口語の勢いが文体にあって、それがこの句の主人公の体力の強さを感じさせもする。

茅の輪の句はなんども引用して鑑賞文を書いたが、湖へ抜けるがとっても快い。茅の輪をくぐって穢れをはらったら、まるで一羽の小鳥のように湖上に出た感じ。もちろん、湖のある側へ出たのが実際だろうが、「ゆらりと抜け」たとき、小鳥への変身が起こったのではないか。そんな気がする。

一献の句、オリオンやシリウスを相手に飲んでいる気宇壮大な気分が痛快。大石さんとこのような一献を傾けたかった。

鳥の名の句は「五つ」がよい。ウグイス、ホトトギス、ホオジロ、スズメ、カラスと私も言えるから。もっとも、大石さんに注意されそうだ。「スズメやカラスは囀るとは言わないでしょ。イカルやコゲラの声を知らないの」と。ぼんやり分かるが自信はない。

以上、私の愛誦句を簡単に読んだ。斧を噛ませた、押しくら饅頭で来い、湖へ抜けるなどという表現が、ちょっと跳んでいるというか、常識を少し超えた気配を漂わせている。そこに大石さんらしさがあったのではないか。一献の句はオリオンだけでなく、シリウスをも相手にしており、五句の中ではとびきり大胆だ。

草餅や自分の分を超えぬこと
半分の半分を賜べ草の餅
伊勢道のやうな蓬餅

『季語別 大石悦子句集』（ふらんす堂）から草餅の句を引いた。前にも書いたが、毎年の春、大石さんから越後の草餅（笹団子）を貰うのが習いだった。残念ながらこの春は貰えなかった。これからももう貰えないが、「自分の分を超えぬこと」と自戒しているところ、あるいは「半分の半分」をいただいたと満足しているところには、ほんとうは分を超えたい気持ちが、あるいは半分の半分でもうれしいという気持ちがありあり。つまり、草餅が大好きだったのだ、大石さんは。多分、拳のような大きな草餅に出会ったときは大喜びしたにちがいない。

と、ここまで書いたら、無性に草餅が食べたくなった。こらえきれなくなって、アマゾンで越後・高田屋の笹団子を注文してしまった。到着したら、大石さんと一緒に食べる気分になって、あらためて追悼したい。

●五七五がすべて

ところで、次のような大石さんの句も好きだ。

丹 波 太 郎 そ の 郎 党 の 小 雷
山 彦 の は き は き と し て 青 吉 野
白 地 着 て 父 に 逢 ひ た き 夕 べ な り
よ く 死 な む 茄 子 の 古 漬 塩 抜 い て

よく冷えしくずまんぢゆうや姉小路
よき嫁といはれ芋焼酎が好きで
端居して夫も親しきもののうち

『季語別 大石悦子句集』から夏の句を挙げたが、こうして数句を並べると、この作者は、ある特別のものと五七五の言葉の中で遊んでいる。

その特別なものとは、丹波太郎とその郎党、吉野のはきはきした山彦、白地を着て逢う父だ。そして、いかにも古漬けの茄子、よく冷えた葛饅頭、芋焼酎好きのよい嫁だ。共に端居する夫も、格別に親しいもの、つまり、人でなくものとして格別なのだ。以上を言いかえると、五七五の言葉が格別なものを際立たせている。そしてその際立ったものと作者は親しんでいる。

話題を急に変えるが、最近、ニック・チェイターの『心はこうして創られる「即興する脳」の心理学』(講談社選書メチエ)を読んだ。この本、どういう本かというと、たとえば次のように主張する本である。

○紙に印刷された文字という「表面」の下には、何もない。（九頁）
○内なる世界、それは蜃気楼《しんきろう》に過ぎない。（十一頁）
○心に深さはない《マインド・イズ・フラット》——心の「表面」、すなわち意識の流れをなす瞬間ごとの思考や説明や感覚経験が心の中身のすべてなのだ。（四十七頁）

断片的な引用をしたが、脳の働きの研究を介して「心の深みという幻想」を破壊した本だ。内面とか心の内とかいう用語が俳句の批評や鑑賞でもよく使われているが、そのような内なる心は幻想なのだ、とニック・チェイターは説く。フロイトの夢判断、ユングの集合的無意識なども彼らが描いた幻想であり絵空事に過ぎないと著者は言う。

このニック・チェイターの説は、私などがばくぜんと受け入れていたフロイト、ユング、チョムスキーなどの説を木っ端みじんにする。ただ、心に深さがなくて表面だけがある、という言葉は妙にうれしい。というのも、五七五の言葉の裏には何もない、とずっと思ってきたから。大石さんの

口論は苦手押しくら饅頭で来い

の裏に草餅や芋焼酎の好きな大石悦子さんがいるわけではない。裏を見ても何もない。ただ、俳句にかかわっている今日の多くの人は、この句の背後に作者の心を見ようとするのではないか。五七五の裏には作者の心がある、というのが一種の通説になっている。

ちょっと話が飛ぶが、句会では作者名を伏せて選句が行われる。これは俳句の伝統と言ってもよいが、要するに、句会では五七五の裏に作者がいない。五七五という表面だけが鑑賞の対象になるのだ。ニック・チェイターはイギリスの認知科学者だが、日本語の俳句という小さな詩とその説が響き合うのではないだろうか。では、ちょっと長めの引用をする。

私たちはみな、ほら話に担がれている。ほら吹きは、自分自身の脳だ。脳という即興のエンジンは驚くほどの性能を誇り、そのときその場で色、物体、記憶、信念、好みを生成し、物語や正当化をすらすらと紡ぎ出す。脳があまりに説得力ある物語作者《ストーリーテラー》であるせいで、私たちは思考が「そのときその場の」でっち上げとは思いもしない。前もって形作られた色、物体、記憶、信念、好き嫌いを内なる深海から自分で釣り上げたのだと、そして意識的思考とはその内なる海のきらめく表面にすぎないのだと思い込まされる。だが、心の深みなるものは作り話にすぎない。自分の脳がその場で創り出している虚構《フィクション》なのだ。前もって形成された信念や欲望や好みや意見はないのであり、記憶さえもが、心の底の暗がりに隠れているのではない。心には、何かを隠しておけるような奥まった暗がりはない。心の奥はない《マインド・イズ・フラット》。表面がすべてなのである。（三〇七頁）

大石さんの句も表面がすべて、と言ってよいのではないか。五七五の裏には何もない。

●句会という表面

心の奥はない、ということを右に引いたニック・チェイターの意見だけで納得するのはむつかしいかもしれない。できればニック・チェイターも共著者の『言語はこうして生まれる』（新潮社）を併読してほしい。その要望をしたうえで、話を句会に転じ、この連載を締めくくりたい。

作り、推敲し、読む。それが句会の現場だが、そこでは言葉が魚のように泳ぎ回っている。五七五や季語が岩礁のような役目をして、言葉の魚を引き寄せている、と形容してもいいだろう。会場の雰囲気、集まっている句会の仲間、その日の天気なども句会の言葉に影響する。ただし、この現場では作者の心の深さなどはほとんど関係がない（先ほど触れたように、そもそも心の深さなんてものはないのだ）。

俳句の伝統的な作り方に題詠があるが、これはとっても大事な作句法だ。表面を重んじるから。たとえば「たんぽぽ」という題で詠むとして、その詠む時間は二十分としよう。歳時記を見たり、句会場の窓を眺めたり、あるいはコーヒーを飲んだりしながら、言葉をいじる。制限時間が迫って追い詰められた気になってあわてる。エイヤーとばかり、ともかく詠んで投じる。意外にその句が好評で、何人かに選ばれ、みんなで議論して批評・推敲する場でも好評だった。作者が思ってもいなかった鑑賞をしてくれる人があり、その鑑賞はとまどうばかりに素敵だった。ただ、「は」は「の」にすべき、という意見もあって、作者は「たんぽぽはぽぽのあたりが火事ですよ」を「たんぽぽのぽぽのあたりが火事ですよ」にした。句会という場が「たんぽぽのぽぽのあたりが火事ですよ」という五七五の言葉を作ったのだった。句会はまさに言葉の生まれる現場である。

Ⅱ　俳句のある場所

口語をころがして

（二〇一八年一月）

いわゆる文語でなく、話し言葉を中心にした口語で俳句を作っている。現代仮名遣いによって。

三月の甘納豆のうふふふふ
桜散るあなたも河馬になりなさい
たんぽぽのぽぽのあたりが火事ですよ
多分だが磯巾着は義理堅い
びわ食べて君とつるりんしたいなあ

たとえばこれらが私の俳句だが、もちろん、定型に拠っている。拠っていると言ってよいかはどうかはちょっと迷うが、定型が口語に締りをもたらしてくれる実感がある。

横顔が好き柿だって君だって

これは昨秋に作ったものだが、「だって」という日常的な言葉がうまく使えた気がしている。反復して楽しい気分が出せた感じだが、さて、どうか。ちなみに、「君だって柿だって」とする方が分かりやすいが、柿を先きだてたところにねらいがある。柿がまずあって、そして君がその次にあるのだ。

平日をころがっている柿二つ

これもやはり昨秋の作だが、この数年、ころがるという語になぜか執着している。柿二つといえば高浜虚子の小説（子規や自分などをモデルにしている）を連想する人があるかもしれないが、この句では柿が二つ、勝手にころがっているのだ。作者としては「平日」に少し意味を持たせたつもりである。平日の柿のきままさが言いたいのだ。

赤錆の錨ごろんと父の家

ころがって晩夏の錨みたい、やつ

影になる秋の芝生にころがって
ころがってげんげ畑の0《ゼロ》番地
老人はころがる残暑の冬瓜も
雪嶺があって老人ころがって
寝転んでげんげになってしまったよ
げんげ田にころがっていた泣いていた
君寄りの気分柿などころがして
百目柿ごろり高倉健さんも
でこぽんの二、三転がり父の家

私の句集『ヤツとオレ』（二〇一五年）からころがる句を挙げた。十一句もあるのは、やや自己模倣的に見えるかもしれない。錨、父、柿、げんげ田などがころがるという語にからんでいるが、そこに私の無意識のなにかがあるのだろう。実は、ここに自作をならべて、右のことに気づいたのだが、ころがるという語は、現今のわたしにとって、櫂のような言葉なのだろう。その言葉を使って無意識の海を漕いでいる気がする。

水枕ガバリと寒い海がある　西東三鬼

無意識の海という言い方をしたら、この三鬼の句が頭に浮かんだ。口語で書かれたすぐれた句のサンプルだ。

三鬼は新興俳句と呼ばれた俳句革新運動の中で活躍したが、この新興俳句の作者たちには口語による俳句が多い。

ちるさくら海あをければ海へちる　高屋窓秋
山鳩よみればまはりに雪がふる
爛々と虎の眼に降る落葉　富澤赤黄男
恋びとは土竜のやうにぬれてゐる
しんしんと肺碧きまで海の旅　篠原鳳作
蟻よバラを登りつめても陽が遠い

鳳作の「碧き」は文語だが、口語的文体の中に文語が残っている、と見てよいだろう。

つまり、右の三者の作は基本的に口語的発想の句である。

口語的発想とは、口語に拠って感じたり考えたりすること。たとえば私の「ころがる」がその例だ。

句集『ヤツとオレ』にはカバの句が多い。カバもまた私にとっては口語的発想をうながすものだ。先に「河馬になりなさい」の自作を引いたが、私はある時期からカバにこだわり、カバの俳句をたくさん作ってきた。

水中の河馬が燃えます牡丹雪
河馬たちが口あけている秋日和
河馬になる老人が好き秋日和
横ずわりして水中の秋の河馬
七月の水のかたまりだろう、カバ
たっぷりもどっぷりもカバ夏のカバ
目が浮いて晩秋のカバ水のカバ
カバを見て宇治金時へ来たばかり
水脱いで春の真昼の河馬二トン

西瓜割る上野のカバに会ってきて

カバ（河馬）という言葉にこだわり、結果としてこのような句が出来た。カバは季語ではないし、俳句にさほど詠まれてはいない。でも、私にとっては少年時代からの執着の動物である。つまり、私にとってはもっとも身近な動物なのだ。日本全国のカバをめぐって私は『カバに会う』（岩波書店）というエッセー集を出している。

ともあれ、カバ（河馬）は私のもっとも日常的な語、つまり口語なのだ。甘納豆だってそうである。いわゆる単語にも口語的なものと文語的なものがある。私の判断では、普段あまり使わない単語、たとえば涅槃西風、貝寄風、佐保姫などの春の季語は文語的だ。

俳句は五七五という定型の詩、その定型には文語があう、という考えが広く浸透していると思う。だから、現今の俳句はほとんどが文語、旧仮名遣いの作品になっている。この考え、疑っていいのではないか。いや、この蔓延した考えをくつがえすことが今の時代に俳句を作る愉しみなのではないか。

実は、口語で発想し、口語によって表現することで、その都度、口語の文語化を試みている。書きとめて文にする行為は、言葉を文語に転じることである。すでに文語と認められているものを使うより、口語を使う方がはるかにスリリングではないか。私はそのスリリングに魅せられている気がする。

かつて口語俳句というものがあった。『現代俳句ハンドブック』（一九九五年）によると、「口語俳句は、話し言葉で書かれた俳句である。俳壇的には定型俳句に対する自由律俳句と見られている。俳句の口語化はすでに明治末年から試みられており、その源流は定型への疑問から出発した河東碧梧桐の新傾向俳句に始まる」。そして、荻原井泉水、尾崎放哉、種田山頭火、橋本夢道、市川一男などが活躍したとこの本は解説している。以上の口語俳句には私は関心がさほどない。自由律を目ざしているのではなく、いうならば定型の可能性が課題なのだ。五七五の表現を口語で磨きたいのだ。

ここで、口語と俳句のかかわりを歴史的に見ておこう。

今さら言うまでもないのだが、俳句（当時は俳諧）は口語を活かす表現であった。山崎宗鑑の『新撰犬筑波集』の次のような付け合いがまさに俳句の源流だった。

霞の衣すそはぬれけり
佐保姫の春立ちながら尿《しと》をして

霞の衣の裾がぬれている、というイメージは春の優雅な人のイメージだ。もちろん、霞が掛かりふもとに川が流れている春の山のイメージも重なっている。

この優雅なイメージから春の女神の佐保姫を連想するのはごく自然だろう。佐保姫が春に立っておられる、と言いながら、その立っているのは尿をしながら、と付け句は言う。尿をしたとき裾が濡れたというのだ。

優雅な佐保姫に尿をさせ、しかも裾をおしっこで濡らしたところを見つける、それが俳句の醍醐味だった。つまり、尿という口語によって佐保姫をぐっと身近な存在にしたのだ。和歌や連歌では使われない口語（今の場合は尿）が俳句を俳句たらしめたのである。

俳句とは、口語によって発想し口語を活かす詩、として始まったのだ。

蚤虱馬の尿《ばり》する枕もと　　松尾芭蕉

シトもバリも同じもの、要するにオシッコだ。オシッコが俳句の源流なのだ。だから、小林一茶が次のように詠んだのはいかにも俳句的風景である。

小便をするぞ退け退けきりぎりす　　小林一茶

小便の身ぶるひ笑へきりぎりす

口語に拠ること、それがまずは俳句的伝統であろう。

遠からず近からずおでんのたまご　藪ノ内君代
強情な海鼠だがあと一押しだ　山岡和子
おでん酒ちくわの穴が現住所　伊藤五六歩
大根はときどき辛い傷口も　北村恭久子
初天神睫毛にパーマかけていく　ねじめ正一

私の俳句仲間の作を「船団」一一三号から引いた。みながみな、口語に拠って作句しているわけではなく、私の俳句仲間も実は文語派が多い。今日、文語派の俳人が圧倒的多数だし、私などの試みは少数派のささやかな試行である。でも、もう引き返さないだろう。どこへか。文語的な発想や表現へ、である。もっとも、文語をすべて拒否しているわけではない。文語を口語化し、そのうえでさらに文語化する、すなわち、文語のリニューアルもありうる、と思っているのだ。

たとえば、柿日和という季語。小春日和や菊日和という言い方から派生して季語になった言葉だが、いまのところ、季語からはみ出して日常化しているわけではない。つまり、季語という文語の範疇にあるのだ。春隣とか日脚伸ぶも同様だ。

右のような季語を普段の暮らしにおいて使いたい。だれもが使うようにしたい。それが季語という文語の口語化だ。そして、口語化しているその語を使って作品を作ると、口語を文語化することになる。

というわけで、春隣の傑作をつくってみたい。そのためには、まず春隣を口語の世界へ引きずり込む必要がある。この言葉をキッチンや図書館、動物園などに置いてみる。

春隣キリンの舌がさっと伸び
春隣犀は一頭立ったまま
春隣小皿の青を五枚ほど
パソコンにほこりすぐつく春隣
春隣……………………

こうして作っていると、さて、どうなるだろう。

（二〇一八年十二月）

モーロク俳句へ

●老人ばっか

私のまわりの俳人たちが急に高齢化した感じ。あの人もこの人もよぼよぼだ。おたおた歩き、長々しゃべり、ヨッショと声をかけて立ち上がる。立ち上がったからといっても、何か目ざましい行動が始まるわけではない。トイレが近くて、とよろよろ便所へ向かうくらいのものだ。

なんともだらしない事態だが、でも当人たちにとっては新しい事態である。たとえば二十代のころ、六十歳や七十歳、まして八十歳の老人などはこれっぽちも頭になかったはず。私もまったく意識していなかった。その老人に自分がなっているのだから、だから新しい事態なのだ。

もっとも、天才的な人はうんと若い時代に老人を視野に入れている。文学者でいえば芥川龍之介、太宰治、川端康成など。龍之介は最初の小説が「老年」だったし、治は第一創作集に「晩年」と名付けた。康成は祖父との暮らしを「十六歳の日記」にとどめ、祖父の尿瓶の音にきよらかな谷川の音を連想した。小学生のくせに桜庭仙人と名乗った正岡子規もまた老いを先取りしていた一人かもしれない。

わが家には九十歳近い祖父がいて、遊びに行くとてのひらに一匙の砂糖をのせてくれた。甘い砂糖が欲しくなると、隠居部屋の祖父をのぞいた、というのが実際だ。祖父とどのような話をしたか、まったく記憶にない。祖父は視野の外にあったのだろう。つまり、私は天才的ではなかった。

俳人は老人ばっか春の雲
俳人は老人春の雲が寄る
老人はだれも俳人雲は春
俳人が老人を呼ぶ蟻も来る
老人とポンポンダリアぽんぽんと

天才的でなかった私は当年七十四歳になっている。そして、「俳人は老人ばっか」とつぶやいている。そのつぶやきが、つい先日、右のような句になった。
このような句をつぶやきながら、老俳人はどのようになってゆくのか。おそらくモーロクし、モーロク俳人になるのである。「モーロク」とは、老化の過程を新しい事態として受けとめる感覚（あるいは知覚）を指す。生涯現役とか、老いていよいよ青春などという老いを退ける言い方があるが、それとまったく逆で、老いを素直に受け入れるのがモーロクだ。ねんてんは今、モーロク族である。

●お多福豆と甘納豆

机上に加藤楸邨の句集『怒濤』（一九八六年）がある。楸邨八十一歳の句集だが、これは老俳人の傑作の句集だと言ってよい。この句集ではなんといっても次の句が光っている。

天の川わたるお多福豆一列

句集の一九一頁にある。この句の前には「両断す南瓜の臍を二度撫でて」が、後には「跳んできし蟲も夜に入り鉦叩」がある。南瓜の切り方、虫との親しみ方にモーロク現象を感じるではないか。二度も臍を撫でるのは働き盛りの人とは一味違うこだわり、そして虫を見るまなざしにはゆったりした老いの時間があるだろう。そのような流れというか、モーロクの時空、それが大きく開いたのがお多福豆の句だ。

この句は作者七十九歳の作である。天の川といえば、まずは恋を連想するが、その川を渡っているのは、なんと一列になったお多福豆。このお多福豆の不意の出現は意表を突く。お多福豆たち、わいわいとにぎやかに渡っているのではないか。まるで有名な「大阪のおばちゃん」たちのように。ともあれ、お多福豆の登場で、天の川がまるで吉本新喜劇の舞台に転じた感じだ。

実は、私にも豆の句がある。やるな、楸邨！ 豆は豆でも甘納豆だ。

一月の甘納豆はやせてます
二月には甘納豆と坂下る
三月の甘納豆のうふふふふ
四月には死んだまねする甘納豆
五月来て困ってしまう甘納豆
甘納豆六月ごろにはごろついて

腰を病む甘納豆も七月も
八月の嘘と親しむ甘納豆
ほろほろと生きる九月の甘納豆
十月の男女はみんな甘納豆
河馬を呼ぶ十一月の甘納豆
十二月どうするどうする甘納豆

久しぶりに「甘納豆　十二句」をふらんす堂の現代俳句文庫『坪内稔典句集』から引いた。これは、一九八三年ごろ、すなわち四十歳を目前にしたころの作だが、ねんてんはそのころになってやっと（あるいは、はやくも）モーロクに近づいたのかもしれない。甘納豆へのこだわりがオタク的で、働き盛りの中年の作としてはやや常軌を逸しているように見えるから。

そうなのだ、常軌を逸するのがモーロクである。楸邨はお多福豆で、ねんてんは甘納豆でモーロクに接近した。

●たんぽぽのぽぽ

句集『怒濤』にはもう一つ、ぜひ言っておきたいことがある。この句集には次の句がある。

たんぽぽのぽぽと絮毛のたちにけり

タンポポの綿毛がぽぽと飛んで行った、というのだが、私には次の作がある（句集『ぽぽのあたり』）。

たんぽぽのぽぽのあたりが火事ですよ

私見では、豆の句では楸邨の勝ちである。ねんてんの連作・甘納豆では「三月の甘納豆のうふふふふ」がよく知られているが、時空の大きさで楸邨句に負けている。だが、たんぽぽのぽぽではねんてんの勝ちだろう。わた毛が飛び立つだけよりも、「火事ですよ」の方がドラマ性に富むと思われるから。

ちなみに、「たんぽぽのぽぽ」という言い方にはずいぶん古い先例がある。

たんぽぽのぽぽともえ出る焼野かな　友久

貞門の『続山井』に出ているもの。タンポポは鼓草という異称を持つが、鼓だとぽぽという音が出る。だから、「たんぽぽのぽぽ」という表現はごく平凡な、いわば手ずれた言い方である。

『続山井』は十七世紀半ばの本である。そのころから現代まで、タンポポがぽぽと響いているのがなんだかおかしい。

とまどひて啓蟄の蟻顎を這ふ
蚕豆に日のあたる見てにこにこす
梨食ふと夕日に耳の透きにけり
金柑の実のほとりまで暮れてきぬ
南京豆黙つて坐りひとつかみ

これらは『怒濤』にある一九八六年の作。時に楸邨は八十一歳である。いいなあ、顎にアリを這わせている楸邨は。空豆に日の当たるのを見てにこにこしている姿もいい。もちろん、モーロク現象を呈しているのだ。

ついでだが、『怒濤』の楸邨はアリと親しい。

春の蟻つやつやと貌拭くさます
蟻の列のはるかな一端原爆忌
蟻逢ひて暗し暗しと言ひゐたり
遊ぶなり月夜の蟻のひとつぶと
いつか蟻野をわが蜜とつなぎけり

楸邨はアリを通して世界と触れている、と言ってもよいだろう。楸邨自身がほとんどアリになっているのだ。モーロクするとは、たとえばアリになることだろう。それにしても、アリの動作が貌を拭くさまだとどうして分かるのだろう。作者は虫眼鏡でアリを覗いていたのだろうか。いや、そんなことをわざわざしなくても、作者自身がアリだから、意おのずから通ずるというモーロク状態だった、と思いたい。

●俳句史の老人たち

さて、俳句史にもモーロク俳人たちがいる。
最初の大物は松永貞徳だろう。彼は、俳句は俗語を活かす詩、と定義し、一般大衆へ詩

（俳句）を開いた。彼の定義のおかげで、だれもがたやすく俳句を作る時代がやってきた。

その貞徳、八十三歳まで生きたが、六十四歳から子どもに戻り、長頭丸と童名を名乗った。長頭丸の肖像画が伝えられているが、なんと蓮の花を一輪手にした粋な姿だ。眼が悪くなった長頭丸は、珍重、満足、祝着と名付けた三人の少年を身近に置き、古典の注釈書などの執筆を手伝わせた。古典学者でもあった貞徳は、町なかで塾を開き、貴族の専有物だった古典を町人に教えた。貴族の文化を一般庶民へ開くという貞徳の活動の一環が、彼にとっての俳句（当時の言葉でいえば俳諧）だった。

五十代以降に秀作を残した与謝蕪村、したたかな老いを生きた小林一茶もモーロク族だ。

月天心貧しき町を通りけり
菜の花や月は東に日は西に
愁ひつつ岡にのぼれば花いばら
居眠りて我にかくれん冬ごもり
さみだれや大河を前に家二軒

蕪村のこれらは五十代以降、すなわちたっぷりと年を取ってからの作である。

大根を丸太でかじる爺《じじい》かな
初雪を煮て喰らひけり隠居たち

一茶の句の老人たちは、逸脱して威張っている。大根にかじりついて元気のよさを見せようとした老人は、実は歯がなくてうまくかじれなかったのではないか。初雪で湯を沸かした老人たちは、その湯で焼酎を割った？　焼酎の初雪割りってうまそうだ。

●朝ごはんは老人文化

話は突然に変わるが、私たちの俳句グループ船団の会では、ごく最近に『朝ごはんと俳句３６５日』（人文書院）を出した。二〇一七年五月から二〇一八年四月に及ぶ一年間の朝ごはんを会員が記録、簡単な所感と俳句一句を添えた。二月十四日の全文を引こう。

今日の季語　バレンタインデー
味噌汁の具は豆腐と若布に白葱をたっぷり。紅麹味噌の甘みもあり美味しい。久しぶりの小豆ご飯にはもち米を少し入れて炊く。豆類は控え目の夫だが、私はいつも多目に入れる。ほうれん草の卵とじ。毎日のように出てくる小鉢の小魚には米酢をかけて食べる。沢庵と塩昆布少々。世の中では今日は特別な日。昔なら夫の鞄からも一、二箱は出てきたものだが、最近は一粒たりとも出てこない。仏前の義理チョコを二粒お相伴する。二人で食べるのはこの日だけでほとんど私が食べる。濃いめの緑茶とよく合う。

　バレンタインデー友チョコ行き来して淡々　（京都・つじあきこ）

右が一日分。これが三六五日分並んでいるのだが、読むと結構楽しい。面白い。この次の日（二月十五日）の分も写そう。

今日の季語　暖か

あべかわ餅二個、牛乳入りコーヒー一杯。オーブントースターで焼いた餅を、溶かした黒砂糖につけてきな粉をまぶしたもので、福井ではこれを「あべかわ餅」と言っている。昔の話だが、正月から日が増すごとに甕の中に保存した餅の水がだんだん濁り、発酵した匂いもして手を突っ込むと恐ろしいほど冷たかった。その水餅で作るあべかわ餅が田植え時の小昼の定番。家族で賑やかに囲んだ記憶が忘れられず、餅系のものは今でも好んで食べる。団子も大福もコンビニで買えて、手軽すぎる朝食になり食生活は乱れている。

明色化粧水暖かき枕辺に　（京都・辻水音）

二十代だと朝が忙しく、コーヒー一杯で家を飛び出すという人もいる。船団では圧倒的多数の定年組の夫婦は、夫が楽しそうに、念入りに朝ごはんを作っている。私はこの本の前書きで、「朝ごはんを楽しむのは、二一世紀当初の日本の老人文化なのかもしれない」と書いた。朝ごはんを一番楽しんでいるのが老人組なのだ。

朝ごはんと俳句をコラボした本を計画したのは、ほかでもない、生活文化としての俳句を大事にしたい、と考えたからだ。朝ごはんと同格、すなわち朝ごはんと同じようなものとして俳句があるとき、五七五の言葉が生き生きしているのではないか。そのような思いがこの本の編集意図の核だった。

私は、俳句は片言の表現だ、と言い続けてきた。片言としての俳句は、朝ごはんの定番というか、ある安定感を持ったものとは違っている。だが、鋭い片言は、日常にあって日常を破るようなかたちで出現する。たとえていえば、片言とは、朝ごはんに新しいメニューを加えるようなものだ。最初、強い違和感があるが、次第になれて定番化する。いわゆる史上の名句とはそのようなものである。

古池や蛙飛びこむ水の音　芭蕉
柿くへば鐘が鳴るなり法隆寺　子規

などがその例だ。これらの句、出現したときはとても片言的で斬新だった。

●一流の老人

老人は片言的存在ではないか。片言（かた・こと）を『広辞苑』（第七版）で見ると以下のように説明している。

①　言葉の一部分。へんげん。
②　幼児や外国人などの、不完全なたどたどしいことば。
③　標準的な言い方から外れている言葉。訛のあることば。

私としてはこのうちの③の「標準的な言い方から外れていることば」を片言と呼びたい。冒頭で触れたように、俳人たちはよぼよぼ、おたおた、よろよろしている。そうでありながら、まともなことを言おうとして、生涯現役だとか、七十代はまだ青二才とか、あるいは俳句の伝統を守ろうと高説を垂れる。俳句を世界遺産にしようという者までいる。そういうことをいっさいやめて、潔くモーロク族になったらどうだろう。よぼよぼ言葉、おたおたする言葉、よろよろの言葉に身を任せるのだ。つまり、老いて片言族になる。

モーロクしないために、認知症を防ぐために、俳句を作りたい、という人がいる。かなり多い。でも、それは間違っている。中庸で平凡、魅力のない老人にしかなれないだろうから。そういう人たちが俳人として跋扈して、俺たちの詠むものが伝統的な俳句だ、と主張したりするとちょっと困惑する。彼らは偽老人、あるいは二流以下の老人だから。くどいが、よぼよぼ、おたおた、よろよろがまっとうな一流の老人だ。

よく言われることだが、俳人という文字は、人に非ざる人、と読める。まさに廃人であって、ごく普通の人は俳人ではない。強いていえば、廃人寸前の人こそ俳人である。

なんだか、やけのやんぱちのようなことを書いてきた。これを書く直前に食べた私の朝ごはんは、食パン六枚切りを一枚、ハチミツをつけて。パンはトースターで私が焼いた。わが家のトースターの調節にはコツがいって、きつね色に焼くには、スイッチを大きく回転し、目盛り三の位置にゆっくり戻す。牛乳コップ一杯。ミカン熊本産小粒を二個。茹で卵一個。以上を新聞数紙を読みながら食べたが、かみさんがしきりに注意する。パン屑を新聞紙の上やテーブルの下にこぼすから。

叱られて何度目かに、この句、どう？　と聞いた。

老人はリンゴの蜜の消えた跡

蜜が消えてすかすかになってるわけ？　魅力ないなあ、とカミさん。消えた後の残り香みたいなものを感じないかなあ、と私。では、これは、と次を示した。

老人はころぶ林檎はころがるが

うん、これは少しよさそう。ころぶところがるの違いね。で、どこが違うの？　カミさん、手厳しい。どこが違うのだろうか。ころぶは倒れるだが、ころがるはなんどかころぶ感じかなあ、と曖昧な返事をする。

小春日の窓の頬杖雲が寄る

ちょっと甘いよ。なんだかよさそうな雰囲気だけど、老人の頬杖でしょう。でも、雲が寄る、という甘さは老人だと許せるかも。老人のものというか老人の特権があるよね。電車やバスの優先席みたいな。でも、優先席はなんだか平凡というか凡庸というか。

うん、そうなんだよ。だから、優先席でなく、床にへたりこむような老人がいいな。あっ、へたり込んだら急病と思われて電車が急ストップするかも。それだとずいぶん迷惑がかかるなあ。よたよたもおたおたも現実の生活の中では問題を引き起こしそうだな。

でも、よたよたの言葉、おたおたの言葉、そしてよろよろの言葉があると思うなあ。それが老人の言葉。老人の言葉を句会などで探してみたいよ。

そらっ、またこぼした！　カミさんが大きな声をあげた。牛乳を新聞の上にこぼしたのだった。

（二〇一九年十一月）

作者を読むか、句を読むか

たとえば句会。互選というかたちで句を読むが、この場合、作者名は伏せられている。つまり、だれの作かは分からない状態で句の評価をする。この読み方が俳句の伝統的な読み方だ。

俳句には投稿文芸という一面がある。新聞俳壇や各種の俳句コンテストがその例だが、そういう場でも作者は匿名状態である。ごく最近、私は貞徳忌俳句大会の応募句の選をした。また、５万以上も集まった小学生の俳句コンテストの選をした。いずれの場合も作者名は伏せられていた。

俳句は５７５の表現の技を競う文芸なのだ。だから、俳人として世に立つ人は、俳句の技で立たなければならない。

俳句の技で立つとはどういうことか。今までになかった俳句を世に出すことである。

日盛りに蝶のふれ合ふ音すなり　　青々

句集『松苗』（夏之部　昭和十三年）にある作だが、松瀬青々はこの句によって俳人になった。この句の後に「蝶墜ちて大音響の結氷期」（富澤赤黄男）、「うつうつと最高を行く揚羽蝶」（永田耕衣）などが出て来るが、今なお青々の句が際立って鮮やかではないだろうか。

実は、私にもいくつか揚羽蝶の句がある。

アムステルダムに行く日の瑠璃揚羽

ジョルジュ・ルオーの女であろう夏の蝶

これらの句で私はひそかに青々と対抗したのだった。でも及ばない。日盛りに触れ合う蝶のほうが燦然としている。

余談だが、兵庫県伊丹市の俳諧・俳句の資料館「柿衞文庫」では、「生誕一五〇年記念松瀬青々」展をしている（十二月十五日まで）。青々は正岡子規の仲間として俳壇に登場し、大阪を拠点にして高浜虚子に対抗するかたちで俳句圏を形成した。子規を水源にした近代俳句の多様性を示した俳人、と呼んでもよい。ところが今ではすっかり忘れられている。

内藤鳴雪、松根東洋城、石井露月などもやはり虚子とは別の流れを開こうとした。子規から広がった俳句の幾本もの水流を私たちは眺めるべきではないだろうか。俳句の多様性を知ること、それは私たちの作句の弾みになるに違いないから。

余談に及んだが、青々は日盛りの蝶の句があるだけで燦然たる俳人だ。多くの人は青々のような代表的一句を持たない。いや、持つことがとても厳しいのだ。私の俳句仲間でも、この一句を持ち得たのは

じゃんけんで負けて蛍に生まれたの

の池田澄子くらい。ひところ俳壇で時めいていた飯田龍太や森澄雄には澄子の蛍に匹敵する句がない。彼らは俳壇的人気の域から出られない。

俳壇的人気は、句を読むのではなく、人を読むことから生じる。最近のその典型的な例は金子兜太であろう。兜太には

彎曲し火傷し爆心地のマラソン
梅咲いて庭中に青鮫が来ている

などがあり、これらは青々の日盛りの蝶や澄子の蛍に匹敵する。だが、

水脈の果炎天の墓碑を置きて去る

は兜太という人を読みの文脈にしないと読めない。水脈の炎天の墓碑がどんな墓碑か、この句から判断するのはむつかしい。ところが、兜太をよく知る酒井弘司は、「昭和二十一年十一月下旬、トラック島から復員船で帰国の途の句。先生は、この句に触れ」と言って次の兜太の言葉を引く（「WEP俳句通信」一〇三号）。

「全速の駆逐艦上にいて（略）捕虜のあいだに噛みしめていた、これからの生き方についての思念を、あらためて噛んでいた。それは、一と言でいえば、〈非業の死者に報いる〉ということ。痩せ細って眠るように死んでいった人たちの顔が頭から離れない。『炎天の墓碑』が消えない。（略）つづめるところ戦争に罪あり。これからは戦争のない世のために一臂《いっぴ》の力を仮《か》したい。」

酒井は右の言葉を引いて、「この句が兜太俳句の戦後の原点といってよい。」と書く。この見解は違うのではないか。兜太という人の生き方の原点かもしれないが、兜太俳句の原点とは言うべきでない。むしろ、「曼珠沙華どれも腹出し秩父の子」などが原点であろう。

秩父の子が栄養不良で腹を出している（腹が張っている）という表現は、その大胆さにおいて「彎曲し」の句に通じる。ちなみに、今話題にしている二句は、「WEP俳句通信」一〇三号の「金子兜太自選49句」に出ている。

もう一回言おう。兜太が自身で話題にする「水脈の果」の句はつまらない。というか、作者の思いをいっぱい詰め込んでいるようだが、それが句として表現しきれている訳ではない。作者の自信作、作者の思いの強い句は、読者にはしばしば不人気だが、「水脈の果」もそのような句ではないだろうか。

作者を読む読み方があってもよい。私なども場合によってはその読みをしており、あなたらしい句だ、と言ったりする。だが、俳句の読みの本命は、句を読むことだろう。575の表現の機微を読み取るのだ。その上で、もし作者が分かったら、作者を句の補助にすると話題が広がる。

秋晴れてあんパンたちに足がない

先日の句会に出した私の作。さて、どう読まれるか。

老人の俳句

（二〇二〇年十二月）

●困っている

老人になって困っている。

まだ自分が老人だと意識していなかったころ、もしかしたらモーロクすると俳句がおもしろくなるかも、モーロク俳句が老人の未来を開くかも、と考えた。その時、頭にあったのは、

天の川わたるお多福豆一列

という加藤楸邨の句であった。この句に私は電撃的と言ってよいくらいに感動したのである。

私の代表作の一つと見なされているのは「三月の甘納豆のうふふふふ」だが、私の甘納

豆よりも楸邨のお多福豆のほうがスケールが大きい。私の甘納豆は笑うだけだが、楸邨のそれは天の川を渡っている。しかも一列になった何個ものお多福豆が渡っている。

楸邨の宇宙的お多福豆の句は八十代で出した句集『怒濤』（一九八六年）にある。この句集では作品が年ごとに配列されていて、お多福豆の句は一九八四年、楸邨七十九歳の作である。七十九歳の老人が、天の川を渡るお多福豆を想像するなんて、なんともいいじゃないか。天の川といえば普通には牽牛・織女が逢引きする恋の舞台である。そこへ一列に渡るお多福豆を登場させたのは、常識を逸脱、あるいは大きく超えている。これはモーロクして常識的脈絡を逸れた者の表現だ、と私は思った。

というわけで、お多福豆の句を何度も話題にしたが、モーロク俳句という見方は一向に広がらない。俳人を前に講演したとき、お多福豆の句を紹介し、モーロクしたときにこのような句が生まれる可能性があるとしたら、私たちにはまだ名句を作る可能性が残っている、いずれモーロクするその時こそがチャンスである、と話すと、みなさん、大口を開いて笑うが、でも、笑うだけで終わってしまう。講演の後でわざわざやってきて、今の話はとても面白かったけど、でも、私はモーロクは嫌よ、ねんてんさんだって嫌でしょ、と告げる人もあった。

そういえば、ボケないために俳句を始めたい、という人が時々現れる。私はそういう人は敬遠する。うまくボケるために、すなわちモーロクの言葉の魅力を引き出すためにこそ俳句を作るべき、と思うのである。

さらにそういえばだが、シニアなんとかという団体に呼ばれて講演に行ったとき、最初にみなで、いつまでも若くいよう、という意味の歌の合唱があった。会長みたいな人が挨拶で、一生青春を力説したこともあった。みんなでボケましょう、モーロクしてモーロク俳句を詠みましょう、というムードではないのである。

で、老人になって何に困るのか。目や膝が悪くなり、難聴になり、トイレが近くなる。そうしたことにももちろん困るが、モーロク俳句の意義や可能性を言えば言うほど、仲間というか友だちがいなくなるのだ。

ちなみに、私は当年七十六歳、いわゆる後期高齢者である。

●楸邨のモーロク俳句

句集『怒濤』には次のような豆の句もある。

高速道路にこぼれひろごり青豆どち

蚕豆に日のあたる見てにこにこす

私にはよく分からない。青豆たちはどうして高速道路に広がっているのだろうか。「青豆どち」のどちは仲間や同志を言う語だから、この句の発想は先のお多福豆に通じている。それにしても高速道路にこぼれて広がる青豆たちって何だろう。

蚕豆の句はやや分かる気がする。この蚕豆は畑で育っているそれだろうが、良く育って満足だ、というのであれば平凡すぎて面白くもなんともない。駄句である。でも、この句の主人公は、ただ一人でににこにこしてしまうのだ。日の当たる蚕豆を見て、あっちでにこにこ、こっちでにこにこしている。ちょっと不気味というか気持ちが悪いが、それがまさにモーロクである。

『怒濤』には「南京豆黙つて坐りひとつかみ」もあるが、この豆の句は平凡、この豆にはモーロクの妙味がない。『怒濤』の楸邨は一種のまだらボケ状態にあって、モーロクしたり、ごく普通であったりする。もちろん、ごく普通のときの句は南京豆のそれが示しているように魅力がない。

言うまでもないが、以上の話は楸邨が実際にモーロクしていたかどうか、という話ではない。俳句を詠むその創作現場の話である。

両断す南瓜の臍を二度撫でて
巨大なる南瓜おもふや眠りが来
たそがれや蹠はなれし瓜の種
冬の駅前犬過ぎ人過ぎぬけがら過ぐ
ころげあふ青柿ふたつバスの中

これらも『怒濤』にあるモーロク俳句。南瓜の二句がとりわけ面白い。巨大な南瓜の句は、南瓜の中で眠るのだろうか。シンデレラならぬモーロク爺には、南瓜は安眠の場所なのかもしれない。私も真似をして、眠りにつくとき、巨大な南瓜を思い浮かべてみたが、私にはなんの効果もなかった。眠りは来なかったのである。

瓜の種、ぬけがら、青柿は私には分からない。でも、事態が尋常でないことは分かる。つまり、これらの句は楸邨のモーロクした創作現場を伝えているのではないか。楸邨、やるなあ、という感じだ。

●空蟬へ入る象

ところが、である。楸邨のモーロク俳句は孤立していて、それを称揚する人が増えないし、モーロク俳句を目指す人も現れない。むしろ、モーロクは今なお嫌われているのではないか。

でも、モーロクをおいて老人の誇る何があるだろう。ボケは老化が伴う現象の一つと言ってよい。高いサプリメントの類を買ってそれに抗うよりも、むしろ、それと戯れるというか、ボケの魅力を取りだすほうがいいのではないか。第一、ボケをうけいれる姿勢に転じると、心身が軽くしなやかになる。若さや健康は、働いていたころの、あるいは家庭を作って子育てをしていたころの価値である。退職し、しかも後期高齢者に至った私などにとって、若さや健康はすでに過去の価値、今、それはさして重要ではない。

空蟬に象が入ってゆくところ

これは行方克巳の作。最近に出会ったモーロク俳句の傑作である。最後に「ところ」を置く言い方は、正岡子規の「なみあみだ仏つくりがつくりたる仏見あげて驚くところ」などが先蹤だ。子規のその「ところ」で歌いおさめた作品は、斎藤茂吉を魅了し、茂吉が歌人になるきっかけになった。そうしたことをこの句は連想させるのだが、それよりも、空蟬に象が入るという発想がすごい。突拍子もない発想である。世界の秩序が一変したような気がする。

克巳のこの句は句集『晩緑』（二〇一九年）にある。この句があるだけでも蛇笏賞や詩歌文学館賞、俳人協会賞などをこの句集はもらっていい、と思ったが、残念ながらどの賞からもスルーされた気配である。

春の星とぽんとぽんと水のうへ
行春や輪ゴムのごとく劣化して
ひんやりと青大将のおとなしき
二つ三つ全部大根抜きし穴
草餅にゐくぼを一つ付けてやろ

『晩緑』のこれらの句もモーロク的である。春の星の句は水に落ちた星が水面を歩いている気配だ。とぽんという音を楽しみながら。二つ三つの穴が目についていて、すると畑中の穴が目に入ってきて、この穴、全部が大根を抜いた穴だ、と穴に感動しているのもいいなあ。

克巳は一九四四年生まれ、私と同年生である。彼はわが数少ない同志、すなわちモーロク俳人だ。もっとも、私が勝手に同志と見なしているのだが。

ともあれ、空蟬に入る象に出会って、私はモーロク俳句に再び希望を見出したのである。

●モーロクは劇薬

すごい俳人でも老人になるとまったく魅力を欠く。それが通例である。楸邨のような俳人は珍しいのだ。たとえば山口誓子や中村草田男を思い浮かべるとよい。彼らは壮年期に数々の名句を残している。

流氷や宗谷の門波荒れやまず　　誓子
夏草に汽罐車の車輪来て止る
秋の暮山脈いづこへか帰る
家を出て手を引かれたる祭かな　　草田男

万緑の中や吾子の歯生え初むる

空は太初の青さ妻より林檎受く

これらは俳句史を飾る名句だが、老人になってからの句は多くが平凡、または独善である。五七五による老人の言葉の世界を開くことが出来なかった、と言ってよいのではないか。最近に長寿を全うした金子兜太、後藤比奈夫などについても同じことが言えそう。要するに、老いて俳句を作るのはむつかしい。モーロクは劇薬的な創造力？

かつて「第二芸術―現代俳句について」（一九四六年）を書いた桑原武夫は、俳句は職業を持たない老人の消閑の具にふさわしい、と述べた。この桑原の発言に激しく反発したのが誓子や草田男だった。桑原は、消閑の具としての俳句は、老人の菊作りに似ている、とも述べたが、いい得て妙ではないだろうか。

愛の日のゴディバビタメールレオニダス

先頭のいつか殿《しんが》り紅葉狩

賀客かと思へば風の音なりし

これは「角川俳句年鑑」(二〇二〇年版)の八十代以上の俳人の作。それなりの出来ではあるが、老人の菊作りに似ている。これらの句とモーロク俳句は画然と異なる。モーロクが劇薬になって、消閑の域を飛び越えてしまうのがモーロク俳句なのだ。モーロクは、言葉にとってサプリメントではなくひどい劇薬なのだ。

歳をとれば、私のように七十六歳にもなると、見方が固定するし、使う言葉もなじみのある古い言葉になりがち。いつの時代も俳句は新しさが花だったから、老いが身につけている見方や言葉は要注意だ。無理しないで、平凡な暮らしの中で平凡に詠めばよい、という人が多いことは知っている。名のある俳人の大半もそのような考えだ。つまり、俳句は消閑の具、菊作りであることに自足している。でも、そういう人ばかりになったらつまらない。言葉による表現は、たとえ五七五の小さな表現であっても、日本語の表現の地平という広い場につながっている。また、絵画や音楽、演劇などの表現一般の地平にも。その広がりをもたらすものが、もしかしたらモーロクという劇薬かも。

俳句のある場所

（二〇二一年十二月）

●短冊や句碑

俳句はどこにあるのだろうか。

昔は短冊とか懐紙、そして本（俳書）、句碑などにあったように思う。でも、今はそこらには俳句はないのではないか。

短冊や色紙はつい先ごろまで俳句につきものだった。俳人たちはしきりに揮毫し、俳句大会の賞品などにした。もちろん、贈り物にもした。でも、今では貰ってもちょっと困るだろう。私たちの暮らしにおいて、短冊や色紙を鑑賞する文化が衰退しているから。

短冊、色紙、軸物を鑑賞する「床の間文化」ともいうべきものがかつてあったのだが、和風建築が急減して、床の間のない家が増えている。建売住宅のわが家には、一部屋だけ和室があって、簡略な床の間があるが、その部屋、今では物置化している。椅子の生活にすっかり慣れて、畳の部屋はなんだか不便なのだ。老人になって、立ったり座ったりする際、椅子のほうがうんと楽、畳はつらい。昔の老人は畳で暮らしたのだが、大変だったろうな、と同情する。

というわけで、わが家の床の間文化は衰退寸前だ。ちなみに、その和室には、一応、座卓、座布団、硯箱などがあって、その気になれば筆を持つ俳人暮らしができないわけではない。でも、和室に座して短冊に揮毫する姿は古典的俳人ではないだろうか。

句碑も草に覆われている。あるいは道端で壊れかけている。一時期、たくさんの句碑を建てて町おこしをするのが流行った。句碑巡りコースが一種の観光の目玉になっていた。でも、今では句碑は空間の異物になりかかっているのではないだろうか。私の行く先々では高浜虚子、山口誓子の句碑が目立つが、句碑を鑑賞している人にはほとんど出会わない。神社、寺、公園、街角などで句碑を見つけると、私はスマホで写真を撮るが、写真を撮るのは私くらいのもの。通りかかった若い人は、この老人、何を撮っているのだろう、という感じで私を見る。

江戸時代にはたくさんの俳句の本が出ている。版木に字を彫った木版印刷によって作られた本だが、この本は基本的にくずし字である。仲間うちに配る少部数の俳句の本は、この木版という印刷によく合った。だが、明治以降、活版印刷が普及、字が一字一字独立すると、たちまちくずし字の本が読めなくなった。江戸時代の本、短冊などはこのような面からも私たちから隔絶した。

●俳句雑誌や句集

近代になって、すなわち明治以降だが、活版印刷が普及して、先にも述べたようにくずし字の連綿体から一字一字が独立した印刷文字に変化した。この文字の変化は、やがて、河東碧梧桐のルビ俳句、高柳重信らの多行に表記する俳句の出現の要因になる。それよりもなによりも、短冊や色紙を遠ざける大きな要因になる。活字への慣れが、筆を手にして連綿体で書くという行為を次第に遠ざけるのだ。

さて、近代の新しい俳句の場は、新聞、雑誌であった。

正岡子規の俳句革新運動は新聞「日本」を舞台にして広がった。新聞という新しいメディアには俳人諸家の作品が載ったほかに、いわゆる俳句の投稿欄（新聞俳壇）が設けられた。今日もほとんどの新聞に俳句の投稿欄がある。

子規のまわりに集まった俳人は、大半が「日本」の読者、投稿者だった。彼らが集まり、やがて「ホトトギス」という俳句雑誌ができる。明治半ばに出来たこの「ホトトギス」をモデルにして、各地に俳句雑誌が誕生する。昭和になると、多数の俳句雑誌を核にした俳壇のようなものが形成され、俳句の月刊業界誌「俳句研究」が改造社から出る。この業界誌は今に続いており、角川書店の「俳句」、本阿弥書店の「俳壇」、そしてこの「ＷＥＰ俳句通信」などがしのぎを削っている。俳句は、新聞、俳句雑誌、俳句業界誌をその場としたのだ。

だが、近代のこの俳句の場は危機的状況にあるのではないか。

まず新聞だが、インターネット社会になってその存在そのものが危うくなっている。若い人、たとえば大学生はほとんど新聞を読まない。この状況が続くとごく近いうちに新聞という近代を代表するメディアに激変が生じるのではないか。ともあれ、今、新聞を読んでいるのは年配の人たちである。実は、近年の私の仕事は新聞が中心で次のような連載を続けている。

・毎日新聞「季語刻々」（毎日連載のコラム）
・産経新聞大阪本社版「モーロク満開」（毎週連載のエッセー）
・赤旗「ねんてん先生の文学のある日々」（月一回連載のエッセー）

・聖教新聞（毎週の「俳壇」と二カ月に一回のエッセー「ねんてんさんの名句旅」）
・京都新聞（三週に一回の「俳壇」と時折のエッセー）
・京都新聞ジュニアタイムス（週一回の子ども版俳壇「ねんてん先生の575」）
・浄土新聞（月一回の俳壇）

没落寸前（？）の新聞紙上が私の舞台なのである。

「茶道雑誌」の連載エッセー、「抒情文芸」「知恩」などの雑誌の連載もあるが、新聞での仕事量が圧倒的に多い。俳句の業界誌などからはほとんど声がかからないが、私は多分、俳句業界に入れてもらえないというか、業界から無視されているのだろう。

ところで、近代の主要な俳句の場であった結社誌も新聞と同様の危機にある。このところ、たいていの結社誌が月々薄くなっている気がする。コロナの影響もあるだろうが、俳句を作る人口が急減しているのだ。

近代には個人句集が大量に作られたが、句集の時代も過ぎ去ろうとしているのではないか。要するに、紙による俳句の場が劇変期を迎えている。

ちょっと脇へそれるが、俳句手帖という句作のアイテム（道具）も消えようとしているのではないか。かつて、名所や祭りなどには手帖を開いて何かをメモする人たちが必ずいた。吟行する俳人たちだった。その俳人のいる風景も消える気がする。今や、スマホに簡単にメモが出来る。私にしても数年前から俳句手帖が不要になっている。スマホやタブレットに代わっているのだ。

そういえば、原稿用紙というものがあった。わたしの部屋には自分で作った大量の原稿用紙があるが、今やほとんど使わない。メモ用紙にしたり、裁断して句会の短冊にしているが、それではとうてい消費しきれない。つまり、困り者になっているのだ。

●俳句はどこへ

さて、俳句のある場所はどこになるのだろうか。インターネットの開く空間だろうか。それとも、新聞、雑誌、句集という古典的場所を墨守するのだろうか。あるいは、インターネットと紙媒体が共同して、新しい場をもたらすのか。いや、紙媒体は消滅してしまうかもしれないし、インターネットも劇変して、今とは大きく変わるかもしれない。

以上のような現況から考えて、私は句会という原点を大事にしたい、と思っている。俳句は、俳諧と呼ばれたその発生の時期から、一貫して句会にあった。句会こそが俳句のある場所であろう。

句会を拡大させて、党派とか結社を作ってきたのが俳句の歴史だったが、拡大はいらないのではないか。むしろ、拡大を意図的、積極的に拒否すべきなのかもしれない。そうすることで、句会という小さな場のボルテージをいっぱいにあげるのだ。そうすると、句会の外への通路が見えてくるかも。

唐突に句会を持ち出した感じだが、私のいう句会は次の条件を満たした場である。

・人数は三十人くらいまで。これは集まって相互に議論のできる人数である。
・メンバーは互いに平等。師弟、長幼などの関係を取り払うこと。
・といっても、集団だからリーダー的存在がおのずとできる。その人は右の平等の実現、持続につとめなければならない。一例として、全員が会費を払う。だれかが特権的になることを拒む。
・リーダーをはじめとして、メンバーは言葉や表現への関心を持つ。子規的にいえば、美術、音楽、思想などから暮らしの些事までの万般にわたって関心を持ち、メンバーが相互に刺激し合う。

右が句会の条件である。いうまでもないが、現在の結社の句会やカルチャー教室のそれは句会ではない。右のような句会を芭蕉グループ、蕪村グループ、子規グループなどはごく一時期、実現した。

遠山に日の当りたる枯野かな　虚子
赤い椿白い椿と落ちにけり　碧梧桐
柿くへば鐘が鳴るなり法隆寺　子規

右のような句は、子規グループの句会が残した傑作だ。

私のパソコンの前の壁に一枚の写真が貼ってある。明治三十二年十二月二十四日に東京・根岸の子規庵であった蕪村忌の記念写真。その日、子規を入れて四十六名が集まった。午前十時ごろに始まって、午後九時ごろに解散したその句会では、お昼に参加者が弁当を取り寄せて食べた。その際、子規の母と妹が作った一皿の風呂吹き大根が配られた。この風呂吹きは明治三十年に始まった子規庵蕪村忌の名物だった。

風呂吹の一切れづつや四十人
人多く風呂吹の味噌足らぬかな

この日の子規の句である。句会の楽しそうな雰囲気が伝わってくる。八畳と六畳の子規庵は襖をはずして空間を広げたが、四十名を超す人は入りきれず、床の間に二人が並んだりした。変なおひな様だとはやし立てる人があって笑いが湧いた。この日、大阪からやってきた青木月斗は、前夜、子規庵に仲間といっしょに泊めてもらった。その彼の句も引こう。

たのもしき一座なりけり春星忌
風呂吹の少しく冷えて水くさき

春星は蕪村の別号だ。「たのもしき一座」という表現に句会に参加できた喜びがある。そして、うわさに聞いていた名物の風呂吹きは「少しく冷えて水くさき」ものだったという正直な感想に、この句会の平等性が潑剌としているではないか。

（二〇二二年十二月）

俳句は問答

●老俳人

「俳人蕪村は、五〇歳以降に誕生した」と言っても過言ではない。これは『蕪村句集』（角川ソフィア文庫）の解説にある玉城司さんの言葉である。玉城さんはこの句集に蕪村の一〇〇〇句（彼の句のほぼ三分の一）を作句年代順に収めているが、若い日の蕪村にはこれといって見るべき句がない。

蕪村は二十代の初めに夜半亭巴人の内弟子になったが、画業の修行などに注力し、俳句はずっと余技的だった。画家として暮らし始めた五十代になって、仲間と三菓社を結び、句会を開くようになった。京都に定住した蕪村は、五十五歳の年、仲間に推されて夜半亭を継承、俳句の先生（宗匠）になった。つまり俳壇デビューである。

浮世の月見過ごしにけり末二年　　井原西鶴

この西鶴の句には「人間五十年の究《きわま》り、それさへ我にはあまりたるに、ましてや」という前書きがある。一般的に五十年が人の寿命であるが自分には五十年は長すぎる。それなのに、五十年を二年も過ぎてなお月を見ている、と西鶴。西鶴は五十二年を生き、つまり、この句を辞世にして一生を終えた。西鶴と同時代の松尾芭蕉は四十九歳で他界したが、彼は翁とか芭蕉翁と呼ばれていた。江戸時代は四十歳が初老であり、芭蕉の「奥の細道」の旅なども老人の旅だった。芭蕉の開眼の作と言われる「古池や蛙飛びこむ水の音」は四十三歳の作だから、芭蕉もまた老いの俳人と見てもよいだろう。芭蕉、西鶴、蕪村は活躍する老人だった。

もういちど、玉城さんの『蕪村句集』にもどるが、五十歳より若いころの作では次の二句がよい。

夏河を越すうれしさよ手に草履

春の海終日《ひねもす》のたりのたりかな

もっともこの二句も四十代の作だから、結局彼は老人の句を残したのであった。かつて『郷愁の詩人与謝蕪村』（一九三六年）を書いた萩原朔太郎は、蕪村の俳句に「浪漫的の青春性」を指摘し、蕪村のポエジーの実体は「魂の故郷にたいする郷愁」であり「子守唄の哀切な思慕」だった、と述べた。青春性という用語にやや違和感があるが、何かへの哀切な思慕を蕪村の句に読み取ることは賛成だ。その思慕とは、平易にいえば何かへのあこがれであり、希望。それは多くの人が持つ感情であり、別に青春特有のものではない。

春の暮家路に遠き人ばかり
絶頂の城たのもしき若葉かな
菜の花や月は東に日は西に
ゆく春やおもたき琵琶の抱き心
愁ひつつ岡にのぼれば花いばら
遅き日のつもりて遠き昔かな
大とこの糞《くそ》ひりおはす枯野かな
春風や堤長うして家遠し

鮒ずしや彦根の城に雲かかる
さみだれや大河を前に家二軒

五十代の末から六十代の初めのころの句を挙げた。蕪村、絶好調という感じだ。どの句も注釈というか解説を要しない。五七五の表現が直接に読者の琴線を震わせる感じだ。もちろん、今は使わない「琵琶」(弦楽器)「大とこ」(高僧)のような語があるが、こういう語は国語辞典を引くと意味がすぐ分かる。

注釈なしに今でも読者に響く句、それが傑作なのだと言ってよい。そして、そういう句が特に多いのが芭蕉であり蕪村である。ついでだから芭蕉翁の十句も挙げておこう。

曙や白魚しろきこと一寸
水取や氷の僧の沓の音
名月や池をめぐりて夜もすがら
行く春や鳥啼き魚の目は涙
五月雨の降り残してや光堂

閑《しずか》さや岩にしみ入る蟬の声
荒海や佐渡に横たふ天の川
生きながら一つに氷る海鼠かな
梅が香にのつと日の出る山路かな
旅に病んで夢は枯野をかけ廻る

芭蕉のこれらの句も胸に直接響くだろう。ちょっと余談だが、先に名を挙げた西鶴だと、ほとんどの句が注釈を必要とする。西鶴の五七五の言葉はダイレクトに読者の胸にやってこない。彼は浮世草子という新しい読み物の世界を開いたが、俳句的な才能はうまく開花できなかったのではないか。

●季語は動くもの

江戸時代の話をしたが、俳句では不思議なことに、江戸時代の言葉が地続きというか、ダイレクトに胸に響く。これがたとえば和歌になると、あるいは漢詩になると、そうはいかない。ほとんどが注釈を必要とする。

どうして、芭蕉や蕪村の句は胸に響くのか。五七五という言葉の少なさ、そして今と昔をつなぐ一種の共通語としての季語があるから、だと思われる。もちろん、分からない（胸に響かない）句も多い。いや、芭蕉や蕪村の句にしても大半は分からない。それが、読者にとっての俳句の現実だろう。

現在の句だって、ほとんどは分からない。たとえば新刊の句集を開いた場合、いいと思う句が数句もあれば拾い物だ。ほとんどの句は駄作、あるいはごく一般的な句である。駄作の域を脱け出すには何か技術というか、工夫がいるのだろうか。

いると思う。端的にいえば大胆な発想と表現が必要だ。芭蕉はそれを新しさと言い、蕪村は俗を去ると言った。その理屈はともかくとして、たとえば芭蕉の

閑さや岩にしみ入る蟬の声

は大胆である。鳴き声が岩にしみ入るという見方（これが発想）がすごいし、それを「閑さや」（しずかだなあ！）とまず言って、その静かさの具体性を「岩にしみ入る蟬の声」と端的に言い切ったところがさらにすごい。別の言い方をすると、とっても静かなものはなんだ、と問いかけて、その答えとして「岩にしみ入る蟬の声」を示したのだ。問い

と答えのこの問答が芭蕉の五七五のとっても大きな特色だ。「曙や」「水取や」「名月や」「行く春や」「荒海や」はいずれもその問答形式で成り立っている。いや、ほかの句もそうだ。「五月雨の降り残してや」（五月雨が降り残しているよ、あれは何だ）という問いに「光堂」と答えているし、生きながら一つに氷るのはなんだという問いの答えが海鼠だ。

蕪村の句だって、問いと答えが核になっている。

春の暮家路に遠き人ばかり

この句を例にすると、「春の暮って？」という問いに、「家路に遠き人ばかり」だよ、と答えている。家を忘れて歓楽にふける人、あるいは帰りたくない人がいて、家と此処との対立というか葛藤が五七五の言葉の世界を複雑に広げる。

気づいている人がいると思うが、この問いと答えはかなり恣意的である。

愁ひつつ岡にのぼれば花いばら

愁いを抱いて岡へ登ったらどうなるという問いに「花いばら」、すなわち野バラに出会うよ、と答えているのだが、この「花いばら」は「白い蝶」でも「桐の花」でも「豆の花」

でもよいかもしれない。

　愁ひつつ岡にのぼれば花蜜柑

これなど、人によっては「花いばら」より好きだ、と感じるかも。この程度に、俳句の問いと答えは恣意的なのだ。

俳人はよく、その季語は動く、と言う。右で述べたようなことが季語が動く実際だが、実は、季語は動いてよいのである。むしろ、動くべきものとして問いと答えの構造を支えている。

●でたらめを楽しむ

私が書いてきた問いと答えは、俳句用語としては取り合わせにあたる。取り合わせは俳句の基本の構造であり、これがあるから、五〇〇年以上も俳句が続いているのである。問いに対する答えは常に恣意的だから尽きることがない。

　梅見して寿司屋の貝の美しく　　三宅やよい

緑陰へ寄るしましまの老人たち
玉葱を引き抜くからだ軽くなる

右は私たちの俳句同人誌「猫街」六号から引いた。問いと答えの構造を意識して読んでみて欲しい。梅見するとどうなるか、という問いに対して「寿司屋の貝の美しく」と答えているのだ。梅見をして寿司屋に行きたくなるではないか。「緑陰へ寄るのは何だ？」という問いには「しましまの老人たち」という答え。この答え、シマウマみたいな老人だろうか。玉葱を引き抜くという問いに「からだ軽くなる」と応じたのはよく分かる気がする。玉葱のサラダがうまそうだ。

緑立つタツノオトシゴ的浮遊　　芳野ヒロユキ
ネジバナへ近寄るフランケンの鼻
露草になるはずだったチンアナゴ

これも先の「猫街」にある俳句。この作者の特色は問いと答えの恣意性がことに強いことだ。恣意性とはやさしく言えばでたらめさだが、私たちの間では、強い恣意性を跳び過ぎ、と言い慣わしている。ネジバナの句は私には跳び過ぎと感じられて難解だが、チンアナゴは実は露草だよという問答は、露草を新鮮に感じさせる。

枇杷むけば夜には雨が降るだろう　　赤石　忍
老人は一人一本心太
打ち水を避けると届く地中海

またまた「猫街」の仲間の作だ。「打ち水を避けると」どうなるという問いに「届く地中海」と応じたのは見事だ。涼しさが地中海的（？）に広がるではないか。「枇杷むけば」の答えはいくらでも違ったものが出てきそうだが、その恣意性の広がり、あるいは多様性が、五七五という小さな表現を複雑にも多様にもする。

言葉と言葉の出会いにある恣意性、つまりでたらめを存分に楽しむのが俳句の醍醐味。写生などという近代俳句を覆った方法は、俳人たちをマインドコントロール状態に置いたが、問答でそのコントロールを破って欲しいものだ。

俳句は五七五、しかも季語もあって、とってもきっちりしている感じがする。でも、俳句の表現の核は問答という恣意性だ。とってもとってもでたらめなのである。

言うまでもないだろうが、恣意性とは言葉が本来的に持っている自由だ。でたらめを存分に楽しむ文芸、それが俳句なのだろう。

あとがき

この「あとがき」を書こうとしている今は二〇二三年九月二十三日午前六時五分である。最近は午前三時過ぎに起きることが多く、今朝もそうだった。起きてすぐにコーヒーをいれ、パソコンを起動してブログを書く。溜まっている原稿も書く。今朝はこの本の校正もした。自分で何度も笑いながら校正をしたが、おそらく読者も笑ってくれるかも。そう思って、明るい気分でこの「あとがき」にかかったのである。窓の外もすっかり明るくなって雲間に青空がのぞいている。

この本は雑誌「WEP俳句通信」に書いたもので出来ているが、編集・構成してくれたのは土田由佳さん。彼女の手助けがなければ本にならなかったかもしれない。というのも、自分の書いたものを見直したり整理するなどということが私には出来ないから。これは性分というか悪癖と言うか……。というわけで、土田さんと出会ったことはとっても幸運だった。

幸運といえば、ブログを介して出来た「窓の会」もそうかも。今年の春にブログを核にした俳句結社を作ろう、という話になり、とんとん拍子でその話は進み、六月から俳句結社「窓の会」が始動した。晩節の言葉を磨く、が合い言葉の結社だが、百名を超す常連がたちまち集まった。ちなみに、常連とはいわゆる同人である。同人や会員と言わず、わざわざ常連と呼ぶところに老人の意気があるかも。と、主宰者の私は思っている。

実は、この「あとがき」を書き終えたら、朝食をとり、それからひと眠りする。一回目の昼寝だ。九時ごろに再び起きて、またコーヒーをいれ、老人の昼間が始まる。今日は午後、京都駅前で「窓の会」の句会ライブがある。五十数名が集まってわいわいと議論するのだ。それから座を居酒屋に移してまたもわいわい……。もっとも、途中で何度か眠るだろう（瞬間的昼寝だが、これは老人に欠かせない）。

六時三十一分になった。パンの焼ける匂いが漂ってきた。ここまで付き合ってくださった読者の方々、そして大崎紀夫さんをはじめとする（株）ウエップの編集スタッフの方々に感謝して、今朝のこの一文を閉じる。

坪内稔典

初出一覧

Ⅰ　老いの俳句　「ＷＥＰ俳句通信」〈隔月刊〉一二〇号（二〇二一年二月）～一三四号（二〇二三年六月）

Ⅱ　俳句のある場所

口語をころがして　「ＷＥＰ俳句通信」一〇二号（二〇一八年二月）特集・〈口語俳句について〉

モーロク俳句へ　「ＷＥＰ俳句年鑑」二〇一九年版（二〇一九年一月）

作者を読むか、句を読むか　「ＷＥＰ俳句通信」一一三号（二〇一九年十二月）
特集・わたしにとっての〈以前の名句〉〈いまの名句〉

老人の俳句　「ＷＥＰ俳句年鑑」二〇二一年版（二〇二一年一月）

俳句のある場所　「ＷＥＰ俳句年鑑」二〇二二年版（二〇二二年一月）

俳句は問答　「ＷＥＰ俳句年鑑」二〇二三年版（二〇二三年一月）

著者略歴

坪内稔典（つぼうち・ねんてん）

1944年（昭和19年） 愛媛県に生まれる
1972年、立命館大学大学院文学研究科修士課程修了
京都教育大学、佛教大学名誉教授
著書に『正岡子規―俳句の出立』、『俳人漱石』、俳句史三部作『俳句的人間短歌的人間』『柿喰ふ子規の俳句作法』『モーロク俳句ますます盛ん―俳句百年の遊び』、『ねんてん先生の文学のある日々』ほか、近著に『早寝早起き：俳句とエッセー』（2020）、『俳句いまむかし みたび』（2022）、『ねんてんさんの名句百選』（2023）等多数。歌集に『豆ごはんまで』『雲の寄る日』
句集に『朝の岸』『春の家』『わが町』『落花落日』『猫の木』『百年の家』『人麻呂の手紙』『ぽぽのあたり』『月光の音』『水のかたまり』『ヤツとオレ』等
大学時代、全国学生俳句連盟を結成。同人誌「日時計」「黄金海岸」を経て「現代俳句」を編集。個人誌から出発した俳句グループ「船団の会」（1985～2019）散在後、2023年「窓の会」主宰
大阪府箕面市在住

老いの俳句――君とつるりんしたいなあ

2023年10月30日　第1刷発行

著　者　坪 内 稔 典
発行者　大 崎 紀 夫
発行所　株式会社　ウエップ
　〒160-0022　東京都新宿区新宿1-24-1-909
　電話　03-5368-1870　郵便振替　00140-7-544128
印刷　モリモト印刷株式会社

　ISBN978-4-86608-149-6
※定価はカバーに表示してあります